太過平靜的天氣裡，適合做些不平靜的事情，好讓壓抑與潛藏的，專屬於年輕人的苦悶釋放出來。所以我脫了上衣，只穿著短褲，將電吉他的揚聲器調到最大，效果器踩在最強悍的破音，然後用力刷出陌生的和絃，任由激烈的弦音在六坪大的範圍裡迴盪碰撞，自己在小房間裡面又叫又跳。

那是三月初乍暖還涼的事情。

一開始，我被平靜的冷空氣包圍得有點畏縮，不久之後，我全身發燙、汗流滿身，直到窗外開始陷入黑暗，直到我的耳朵已經逐漸麻木，直到我的手指頭感覺到痛，直到我的雙腿已經發軟，直到有人打開我的房門，對我說：「徐雋哲，你再讓我聽到一個聲音我就把你分屍，拍賣你的吉他。」然後，一個裝著御飯團和烏龍茶的塑膠袋朝我飛來。

貓咪這幾天心情不大好，因為他的技術士執照沒考到。當他辛辛苦苦架好線路，裝妥所有的開關與插座之後，在接通電源的一瞬間，整個線路爆出一聲悶響，還有燦爛繽紛的火花，讓在場所有人都嚇了一大跳。

環工系的學弟小杰受邀去看他考試，觀禮回來之後，形容得像核電廠爆炸那麼壯觀，他說：「那個主考官的臉像糊到大便一樣臭。」

小杰這樣說的時候，我看見貓咪的臉，比糊到大便更臭。所以貓咪的心情不大好，他不能理解，究竟是在哪裡發生了錯誤。

「人生嘛，總有一些意外，是你無法預測的。」我說。

爲了安慰貓咪，我約他下課後到東海大學附近的國際街去，請他吃永和豆漿。當時，我咬著油條，趁著拍他肩膀的時候，偷偷擦了手上的油膩。

「沒道理呀，不應該會爆炸的……」他叼著蛋餅說。

「電這種東西，常常在不經意間，讓你心驚肉跳，就像愛情一樣。」

「我沒有接錯啊，太奇怪了，本來電阻就是這樣計算的呀！」

「你應該感動才對，畢竟這是多麼的教人震驚，而且畢生難忘，生命中的璀璨。」

「如果我改用粗一點的保險絲，不知道會不會有差……」他沉吟著。

不知道的人，會以爲我們是兩個不認識的人，一個在對蛋餅說話，一個在對油條說話，只是湊巧坐在同一桌而已。

一個人的人生際遇，很多特別之處，其實都是從不經意處開始的，我從高一就領會這個道理。那一年的某個夜晚，在學校宿舍裡，打算趁著夜半無人，到廁所偷偷抽根菸的我，在廁所裡遇見了一個比我早來兩分鐘的痞子，他手上也捻著菸，有張很像貓的臉。

起先我以爲我撞鬼，他以爲我是來逮他的糾察隊，認識之後，我們發現我們是同鄉、愛聽音樂，很多年前，我們還曾經是同一個國小、同一屆的隔壁班同學，而那當時，我們是高工電機科的隔壁班同學。

就在那個意外相逢的夜晚，我跟貓咪的人生，從此緊緊串聯在一起，我是他的一部分，而他也變成我的另一面，再也拆分不開，經歷了高工三年，我們很有緣地一起去重考，後來我念中文，他念電機，一個男人與一隻貓的命運，至今析離不清。

怎麼，這是一個我跟貓咪的故事嗎？不，請不要誤會，我不可能愛上他，他是個什麼東西呀，我愛他幹嘛？會想起這些往事，純粹只是爲了要說明我把油漬擦在他身上的合理性與合法性而已。今年是我們認識的第八年，我們已經培養出足夠的默契，足夠到讓別人以爲我們互相不認識，但是我們還是知道對方在講什麼的地步。於是，最後我們異口同聲地說：

「算了，吃東西吧！」

「算了，吃東西吧！」

經過了大學生涯的第三年之後，面對著畢業後一連串可能的變化，我經常對自己的未來產生懷疑與茫然。想了很久之後，我覺得應該做些計畫，找個確定的方向，畢竟這是我的人生不是嗎？

「畢竟這是我的人生不是嗎？」我對貓咪這樣說，我說我對自己的未來有點疑惑。

貓咪側著頭看看我，又捏捏我的臉。

「不管你以後可能會怎樣，我光是看你這張臉……」

「怎麼樣？」我問。

「就是一副不會變有錢的樣子。」他冷靜地說。

氣得我很想把他從八樓踢下去。

說起這棟樓，眞的是糟糕得可以了。當初搬來這裡，以爲可以從此過著幸福快樂的日子。但是哪知道，不到兩年一切就都走樣了。我還記得過完年，我從台中市中心轉車回到東海的那一天。

回到宿舍時，我發現了很多恐怖的景象。我住八樓，六樓的房客是個可愛女孩，可是她居然在房間裡養了一大票的狗，狗吠聲不斷之外，還狗屎味四溢。

樓上的房客是新來的，他也玩音樂，而且是重金屬。看著天花板因爲震動而落下的灰塵，我擔心自己會在睡夢中死於樓層倒塌。

放下行李，我到隔壁去找貓咪。他這人向來不鎖門，我打開門一看，他房間更可怕，裡面的衣服亂成一團，櫥櫃抽屜都被翻開，一副遭小偷的樣子。我趕緊打電話通知他，他人在埔里老家看電視，明天要開學，今天還沒打算回來。

「我的貝斯還在不在？」他只這樣問我。

「在。」我已經思索著要打電話報警、通知房東、聯絡同學，可能還要開個記者會說明案情了。沒想到電話中，貓咪用很慵懶的語氣對我說：

「喔，那就好了，其他的不要管他了，再見。」喀一聲，就掛了我的電話。

我要搬家！一切彷如又回到我大一那年，宿舍鬧鬼時一樣的處境，我要搬家！

不過貓咪對找房子興致缺缺，他說他已經委託他姊姊，我們簡稱貓姊，貓姊最近似乎也想找房子，請她代爲留意就好。

「現在，我們要研究的，是你徐雋哲的腦袋跟未來。」用充滿專業與威嚴的語氣，他這樣說：「你習慣一點小事情就大呼小叫、歇斯底里。」

「我……」

「你總是沒有一次認眞把問題想得透徹，缺乏衝勁跟勇氣。」

「我……」

「你總是在自己的腦袋裡面胡思亂想卻不敢踏出第一步。」

「我……」

「你到現在都還沒有交到一個女朋友，簡直丟盡了天秤座的臉。」貓咪沒有給我解釋的機會，他很不屑地接著說：「一個慣性失戀、只會找我哭訴的人，居然還想跟人家談未來。」

「我失戀又關你個屁事呀！」混亂的房間裡面，我崩潰了。

我們的未來與愛情，都是我們的冒險，因爲我們是最好的朋友。

02

下午三點半，整棟樓的人似乎都集體翹課了，我在房裡看小說，貓咪在我床上睡覺，樓上的音樂狂正在用他的重金屬努力毀滅這棟樓，而樓下的狗屎味則不斷從門縫下溢進來。

來找我借唱片的學弟小杰，問我這裡還能不能住人，我攤攤手，說我已經找過房東了，不過房東不想管，因爲他不住這裡，所以聞不到噁爛的狗屎味，吃泡麵的時候，也不會有被重低音震落的屋頂灰塵落在他的麵碗裡。

小杰橫手在脖子上面做個割喉的動作，說乾脆把那些狗給毒死算了。

「太殘忍了，一次殺那麼多狗，我做不到。」我搖頭。

「不然，就乾脆毒殺那個女孩好了，只殺一個，你看怎樣？」

他是念環境工程的，用致命的化學毒物殺人倒是專科，我對他比出中指。

如果殺人可以不用償命、坐牢，其實我並不反對，畢竟武俠世界裡，給壞人最大的懲罰，就是一劍掛了他。可是這是二十一世紀，我們活在警察還會開罰單的台中，這樣的環境，光是殺一隻狗就會有事了，更何況殺人？

「處之泰然，萬物皆空，你看，那隻貓睡得多甜。」我指著貓咪說。

「是很甜，學長你看，他連口水都流出來了。」

噢！Shit！那是我的枕頭哪！

大四是個很怪的年級，明明還在繳學費，但是去上課的時間卻很少。貓咪最近不斷研究著奇怪的創意發明，千奇百怪，看著他把家電用品拆了又裝，又從電子街買回一堆亂七八糟的電線，我非常懷疑，究竟他有沒有可能在臨死前獲頒諾貝爾發明獎。

「夢想，是從幻想衍生出來的，你懂嗎？」

我點點頭。

「我現在做的事情或許非常無知，但是你知道嗎？電燈被發明前，貝爾也被認爲是個白痴。」

「不好意思，電燈是愛迪生……」

「無所謂，反正下一個世紀，你的子孫就有可能在電機科學史，跟世界名人堂裡面翻到我的名字。」

我目瞪口呆地看著他披上外套，騎上他的破FZR，又到台中市區去了，他說，這次他要研究的，是可以把蚊子震下來的高音波發送機。神經病，我這樣認爲，甚至我猜他這一切，只是爲了躲避嚴重的狗屎味跟樓上的重金屬狂而已。

去年跟貓咪一起睡過頭之後，我們錯過了報考教育學程的資格，所以當不成正牌老師。剩下的，可能只能當作家，或者乾脆去混補習班、去出版社當個小編輯而已，不過那些都是未來的事情，我現在還是個學生，我需要的，只是簡單打份工而已。

下午四點半，陽光斜斜地照進窗戶，今天樓上的重金屬狂不在家。我安靜一個人，打開電腦，在幾個BBS站的求職板上找資料、做筆記。接著，我逛起BBS站的其他板，笑話板、心情板，然後是詩詞板、歌詞板，這些都是我以前常來的地方，逛著逛著，很有緬懷過往的感觸。

看完了詩文，我逛到全國小說連線板，以前我常來這裡看故事，那時我認識了一個名詞，叫作「網路寫手」。這半年來，網路上又多了許多小說、許多寫手。反正是個心靈空虛的下午，於是根據連線板上面的回應與推薦，我看起了大家心目中的好小說。

好小說很簡單，濃度與深度夠的話，就算是了。我想起教授說過的話，想要認眞、理性地從這兩個角度去看小說，結果看了一下午，我壓根兒就忘了這回事，隨著一堆愛情故事不斷轉折變化著悲與喜，我想起自己過去幾次失敗的愛情，突然想到個問題，是不是每段失敗的愛情，都是因爲一個人愛錯了不該愛的人？而那些成功的愛情，就算是愛對了呢？帶著迷惘的我，想在故事中找答案，找到天都黑了卻還沒有結果，反而是貓咪的聲音忽然從我背後傳來。

「你有空嗎？」

「幹嘛？」正在認眞閱讀的我，沒有回頭地回答他。

「幫我叫一下救護車吧！」

「什麼？」我有點不耐地，轉過頭來看看門口，貓咪一臉苦瓜樣。

他回來之後，一個人不知道研究什麼古怪東西，居然又發生荒唐的爆炸，我看見他燒焦的上衣，碎片扎得滿手都是。我的天哪！問他怎麼回事。

「不知道爲什麼，我把高音喇叭接上變電器，一插電它就爆炸了。」

貓咪的手經過包紮之後，有點行動不便，我們在我房間裡面，電腦白痴的他，檢視著自己的傷口，問我幹嘛盯著螢幕，看了一下午。

「你不知道，這些有很多都是有名的網路寫手的作品。」我介紹著。

「什麼手？」

「網路寫手。」

「可以賺很多錢嗎？」

我搖搖頭，說可能不行。

「可以進入世界名人堂嗎？」

我又搖搖頭，說頂多登上暢銷排行榜。

「那說起來，比我這隻黑手還不如嘛！」他自豪地說。

「你是廢手吧？一隻廢掉的貓爪。」

然後，他在我臉上留下爪痕，氣沖沖地走出去。臨走前，叫我去買便當給他吃。

買了便當回來之後，貓咪說他現在要研究的，是世界上，自從音樂跟電有了接觸以來，最偉大的成果。我不想聽他繼續掰下去，因爲我根本不敢想像他又會搞出什麼東西來，萬一又要引發大爆炸，那我得先逃出去才行。

「等一下。」他說著，從他的抽屜中，拿出一張抄滿網址的紙條給我。

「這是什麼?」

「比你那些無聊小說好看的精華。」

半信半疑的我，按照上面的網址輸入，趁著網頁開啓的緩慢時間裡，吃掉了半個便當。至於剩下那半個，後來我眞是一點食欲也沒有了，網頁上的，居然是一堆亂七八糟的色情圖片，還有可供下載的小短片。

依據貓咪的理論，是先存在著幻想，逐漸成形後就變成夢想，夢想經過規畫，就會成爲理想，最後，朝著理想不斷努力，於是燈泡發明了、冰箱發明了。所以他現在努力想要成爲發明家，這已經是他偉大事業中的第三步了，雖然這些理想非常古怪，而且具有嚴重危險性，但是他卻努力不懈。而我呢?或許，我眞的應該好好檢視一下自己才行。

不過檢視自己需要很強大的精神力，滿腦子都是色情圖片的我，目前相當不適合幹這種事情，於是我丟了便當盒，選擇繼續看小說，至少可以藉由溫馨感人的愛情故事，來淨化我剛剛被強暴的稚嫩心靈。

網路上的小說很多，好壞不一，我看著一篇作品，發表人叫作topos，中文暱稱叫作「雲凡」，她寫的一篇小說：〈愛上麻煩〉，這一篇，就糟糕得很經典。

小說大意，是某個學校裡的某個女孩，她非常笨拙，可是卻又相當幸運的一篇愛情故事，當然裡面會有一個像流川楓那樣又高又帥又很酷的痞子當男主角，故事很簡單：女生暗戀男生，男生在很多巧合底下，終於也愛上這個女生，所謂的麻煩，指的雖然是女主角，不過其實她對男主角造成的麻煩也沒多少。非常傳統的校園愛情，幻想成分大過一切可能性，光是看特徵就知道了。

像流川楓那樣又高又酷又會打籃球的男生，簡直是所有男性同胞的公敵，他擄掠了全世界九成九的少女春心，讓我們這種平凡人到現在還交不到女朋友，不過還好這樣的男生並不多，所以我們還有一點點機會。

而且故事中出現太多巧合，我非常相信宿命性的巧合的確可能發生在現實中，但是通常這種事情都不會是好運。就好比我跟貓咪去逛夜市，企圖把西瓜汁的空杯子丟在人家機車的菜籃時，好幾次居然就剛好遇到車主來牽車……諸如此類的倒楣事情都很宿命性地發生，可是都是壞事情。

沒有理由小說中的女主角就要受到幸運之神的眷顧，我們這些生活在現實中的好男人就要接受惡魔的惡作劇，總之這是一篇劇情跟架構排版都不怎麼樣的小說。不管作者的筆名「雲凡」取得再好，都改變不了她只是一個愛做夢的小女孩的事實，而且，這個夢的錯別字很多。

03

能在雲中的人已經很不平凡，更何況，妳還踩著舞步。

雖然我不會評文，但至少我會寫感想。看了一堆網路上給雲凡的回應之後，我覺得很難以接受。有人問故事的眞實性，有人問故事發生的地點在哪裡，還有人問小說作者是哪裡人。

我看得啞口無言，而更弔詭的，是這位雲凡還公開回信告訴大家說，這是一個眞假各半的故事，發生在她南投的高中母校云云，諸如此類的答案，問的人問得頗沒意義，回得的人也很不著邊際。

【作者】wind（風舞）
【標題】加油，我支持妳
【時間】……

雖然我不認識妳，可是我感謝妳，因為妳的小說，讓我暫時忘記了很多事情。我忘記了生活環境的惡劣，也忘記了我的報告沒寫、打工沒著落的罪惡。沉浸在妳的排版與錯字中，我非常有感觸。感觸於近視度數的加深，以及狂敲鍵盤的痛苦，也感觸於這份天真爛漫得無可救藥的愛情，畢竟那是即使到B&Q都買不到的。

無論景物描寫或深度的鑽研，我相信妳都會更進步，因為感覺上空間很大，所以我會努力期待的。

另外還有個小建議，下次妳回南投母校時，除了緬懷這段非常夢幻的愛情之外，還可以順便到水里去買買冰棒，那裡的冰棒非常有名。

風舞二〇〇三・〇三・〇五

我知道這樣的一封信，任誰看了都會啼笑皆非，所以我很體貼地選擇只寄給作者，而不放在連線板上供大家觀賞。

信寄出之後，我感到一股沒來由的身心暢快，於是我決定走到隔壁去看看貓咪。

他正在玩電鋸，一把小電鋸很努力地在幾塊小木板上鋸過來鋸過去，問他究竟想幹嘛，他說這是一種藝術。

「藝術？」

「音樂絕對是一種藝術。」

「我知道，可是……」

「電器也算是一種藝術。」

「我了解，可是……」

「所以我現在打算讓藝術變得更藝術。」

「那沒事了，你繼續去藝術吧！」

反手關上了門，我決定離開那裡。天曉得他在差點把自己炸死之後，還想搞出什麼來。聽著樓上的重低音，混著隔壁貓咪電鋸的聲音，我回到電腦前面，看見有一封信躺在信箱裡的提示。

【作者】topos（雲凡）
【標題】無主題
【時間】……

你是在誇獎我還是在侮辱我？

我寫小說，是為了取悅我自己，不是為了讓你高興用的，看得不開心，閣下可以不看，請不要跑進我的個人板裡面，看完我的小說之後，寫這種信來刺激我。

我有病，我會咬人。

雲凡二〇〇三／〇三／〇五

還有，不必跟我推薦水里的冰棒，因為我家就住在水里，而且我家也在賣冰棒。如果有興趣的話，你下次可以來買，看在你回應我的份上，我會多送你一支清冰。

基本上，我覺得這個作者存在的本身，就是一種藝術了。

一時之間，我有種誤觸地雷的不妙感，她措辭隱含殺機，而且可能懷有相當的不滿。

我把信反覆看了兩三次，察覺出有兩點不對的地方。第一，我明明是在連線板回信到她個人信箱，怎麼她會說我在她的個人板呢？由此可知，她除了在大家公用的連線板發文章之外，必定也有專屬的個人板。第二，能夠這麼快回信，表示她剛好就在線上，而且根據發信地點，我發現她跟我就在同一個BBS站上。

必須再一次說明，我絕對不是一個很無聊的人。只不過因爲這棟樓有太多讓我難以忍受的問題，所以我必須找點事情轉移注意力罷了。

讓自己想開一點之後，我根據她信中透露的訊息，努力搜尋，果然找到了她的個人板。按照我對「個人板」的解釋，這是專屬於個人的空間，充滿板主的個人色彩，也就是說，板主在自己的板上面，可以像國王一樣，呼風喚雨。

那麼，如果我在全國連線板上妄發議論，會造成全國問題的話，我在個人板吠個幾聲，就頂多只是造成國王的問題而已了。

風始終追逐吹拂著雲，這是緣分使然嗎？不，這是命中注定。

我常常認爲，人活著，有時必須要有一點幽默感，許多事都讓它發生在理所當然間，生活會好過許多。抱持著這種心態，我在「雲凡」的地盤上，寫下了一段讓整個裝滿地雷的火藥庫完全爆炸的話。

如果可以，請准許我在這裡放肆地笑，沒有可以說明的理由，無須解釋的必要，心靈交會的一瞬間，火花迸出來時，便是我笑的時候。

哈哈哈哈哈哈哈哈哈……

知道我在笑什麼的就知道了，不知道我在笑什麼的，那就算了。

我覺得我已經說得很清楚了，我只希望雲凡知道，之前給她的那封信並沒有惡意，也希望她可以用跟我一樣的幽默感，去看待這件事情，笑笑便罷。因此，希望知道我在笑什麼的她，可以心領神會我的用意，至於那些不知道箇中緣故的其他板友，則大可不用理會，算了就好。

發完文章之後，我得意地倒了一杯水，才不過幾十秒的時間而已，雲凡讓我知道了她幽默感貧乏的程度。

文章被她砍掉了，而且她附加說明：「沒興趣知道。」

我的笑容在瞬間僵硬，差點一手捏爆了馬克杯。眞是太沒有幽默感了，我的心裡這樣想。盯著「沒興趣知道」這五個字，我覺得非常不是滋味，甚至生氣起來。已經很久沒這麼生氣過了，沒想到看篇小說，居然會看出這麼多事情來。

我的善意躺在妳的腳底，隨著落花變成爛泥。
是否養成了下一個春天？
否，妳用無情的冷漠，踐踏了一次可能的偶然。
但我始終如一，盼望著妳發現我，發現我將永遠在這裡，注視著妳，直到……
妳或我都看不見的世界末日那一天為止……

上一篇短文，我按下確定鍵時是溫柔微笑的，這一篇，我則是用敲的。火氣充斥我的身體，連耳根子都熱烘烘的。喘著氣的我，聽到了手機響起。

貓咪說：「你五分鐘後過來，我有好消息給你。」

「什麼好消息？」

「不要問，你等一下過來就可以了。」說完，他掛了電話。

我忽然發覺，電鋸聲不知何時已經消失，看樣子，他要叫我過去見證他的藝術了。放下手機，電腦螢幕上，雲凡個人板裡頭，又多了一篇砍掉的文章，還附贈一篇公告。

誰可以給我一個合理的理由，告訴我，究竟我做錯了些什麼？生命已經充滿了悲哀與苦難，為什麼老天爺要多派一個瘋子來騷擾我？
我有病，我會咬人。我有病，我真的會咬人。
公告，設定Wind（風舞）這個人，為本人開板以來，第一個板壞！永久禁止發言！

這回，我連馬克杯都差點無力端好，裡頭的水險些潑了我一身。

目瞪口呆地走到隔壁，貓咪正在一個奇怪的箱子上面接線。看著他忍耐著手上纏著繃帶的不便，努力工作的樣子，我覺得相當感動。

「你到底在幹什麼？放著執照不考，老是研究這些？」幫忙牽著線路，我問他。

「我要去參加電工創意發明比賽。」他冷靜地回答。

施工的同時，我把今晚發生的事情告訴了他。「我想見見這個女孩。」

「見她幹嘛？」

「感謝她吧，這麼多年來，第一次被人家這樣罵耶！」

「神經病，一個會做那種愛情白日夢的小女生，一定沒人追。」貓咪說：「沒人追，所以沒談過戀愛，沒談過戀愛，所以才寫那種像少女漫畫一樣的故事。那為什麼她沒談過戀愛呢？這個不用我說了吧？她一定很科幻。」

他沒讓我有時間想像科幻的長相是怎樣的，只是不斷指揮我做事，滿身大汗之後，成果出來了。一堆垃圾當中，圍著一具奇怪的黑色箱子。他說，這是一個可以靈活移動的超重低音揚聲器。

「樓上那痞子的重低音有多麼幼稚可笑，透過比較，你馬上可以發現。」他信誓旦旦地說。

可是他愈是信心滿滿，我就愈是不安，彷彿會有災難的感覺。

「我現在把貝斯接上去，只要一個音，就可以震破你的耳膜。」

我半信半疑地看著他。

「不要懷疑，室內配電那種東西太枯燥，所以我才會接錯線。」他指著這個怪木箱，「這就不同了，這是窮半生之心血，孤注一擲的結晶。」說著接上了他的電貝斯。

「聆聽本世紀初最具震撼力的音樂吧！」說著，他用力刷了一個和絃。

我什麼也沒聽到，什麼重低音，什麼震撼力，什麼也沒有，只有一台爛電風扇發出「嗚嗚嗚」的呻吟，還有平常的狗屎味跟樓上那個「幼稚可笑」的重低音而已。我很疑惑地看著貓咪，貓咪很疑惑地看著那個箱子。

「你在尋我開心嗎？」我說。今天晚上遇到的倒楣事情已經很多了，難道我預感成眞嗎？

「不對呀，怎麼會這樣？」貓咪放下了貝斯，搓搓下巴。

結果，就在他彎腰要去研究哪裡出了問題時，那個大木箱子忽然發出輕微的爆裂聲，然後整個噴出火花，並且開始冒煙了。

「哇！失火啦！快逃呀！」我大叫出來。

「靠，閉嘴！」貓咪趕緊一把掩住我的嘴。

他趕快拔掉插頭，我去打開窗戶，兩個人一起搧風，好把那陣怪味道吹散。

貓咪把木箱子拆開來看，發現整捆線圈已經燒溶了。我們坐在地上，看著這兩個小時的心血化爲一堆噁心的東西，一起點了根菸。

「這眞的是本世紀最偉大的創意嗎？」我覺得我已經陷入完全的沮喪了。

「原本應該是的。」他也悲哀地回應我。

兩個在悲哀的漩渦中打轉的人，我們一起喝著烏龍茶，楚囚對泣。而這時候，孫燕姿「綠光」這首歌的音樂聲響起，是貓咪的手機音樂鈴聲。

我望著這堆燒溶的線圈興嘆，明明是初春的三月天，卻彷彿有種置身在九月深秋的蕭瑟淒涼。

「阿哲。」掛上電話，貓咪用陰沉沉的聲音叫我。

「你不要告訴我還有更壞的消息，我會開窗戶跳下去喔。」

「忘了這些倒楣事情吧！讓我們重新再來。」他轉過身來，露出非常詭異，但是絕對難看的笑容。「我們有新家可以住了。」

悲劇總有結束的一天，最倒楣的一天，也總有過完的時候。

05

六七棟的公寓組成了大型社區，設備完善，全新建築，還有全天候的管理員來掃地跟巡邏，簡直是天堂社區。不過人間淨土與神話一樣，都只存在於想像中。因爲社區外面的北屯路，是全台中市汽機車失竊率最高的一條路。房東夫婦才剛買了房子，不到一個月的時間，就丟了一輛休旅車。聽貓姊說，那是一輛全新的車。房東不過上樓拿個東西而已，下樓車就丟了，所以他們夫婦倆氣得決定把房子租出去，又搬回以前的舊房子去住。我們則沒有這個問題，因爲我跟貓咪都沒有汽車，而我們的機車，則老舊得不怕被偷。

「讓我們換個環境，重新開始吧！」

那天晚上，貓咪用很難看又很感動的臉，這樣對我說的時候，我總覺得不大對勁。

他要收拾那堆焦掉的殘骸，我則回我房間，本來打算再看一篇小說之後才開始收拾細軟的，結果我在連線板看到一篇小說，一開頭男主角帶著女主角私奔時，他就是這樣說的：「讓我們換個環境，重新開始吧！」於是我決定，算了，關電腦吧！

是的，我們需要換個環境，在新的環境底下，至少可以讓自己變得客觀一點，腦袋也比較清晰一點。

不管怎麼說，我們總算是搬進來了，那個汽車高失竊率的詛咒對我們來說毫無影響，不過車庫的租用費我們還是要支付，另外還有管理費、水電費、瓦斯費、有線電視費等等，連著房租總計起來，一個月要一萬多，所幸，我們有輕鬆工作、愉快賺錢的貓姊，她願意幫我們付三分之一的房租，其他的讓我跟貓咪分攤就可以，但是貓姊有一個附帶要求，希望我們幫她照顧一隻老公貓。貓姊最近工作比較忙，自己也在忙著搬家，所以沒時間照顧貓，只好託給我們兩個閒人，不過她也承諾，有時間她就會過來看貓，也會自己準備好飼料，不會讓我們負擔。

「跟叔叔打個招呼唷！」她懷裡抱著叫作「咪咪」的老公貓，拉著牠的腳對我們搖搖手。

這隻貓因為老了，所以已經無法自己啃食乾飼料，貓姊囑咐我們，必須把乾飼料加點水，倒進果汁機裡面去，攪成泥之後才能給牠吃。

「不要看牠年紀大喔，牠很敏捷，而且機警喔！」貓姊用很驕傲的語氣說著。讓我想起小時候考了第一名，媽媽在到處對人家炫耀時的表情。

這樣的自稱自讚，往往很容易被現實打破。搬進來的第二天，有隻蟑螂在客廳亂竄，我們兩個人都怕蟑螂，於是貓咪一腳把咪咪踢過去，希望牠可以把蟑螂抓下來。

「上啊，養貓千日，用在一抓！」他大喊著。

結果，那天晚上，屋子裡面逃得最快的，居然是咪咪。

騷動了一夜，在蟑螂鑽出門縫，消失於陽台角落後，我們把門窗鎖緊，然後坐在沙發上面喘氣。

「你姊姊不是說咪咪機警又敏捷嗎？」我提出質疑。

「對呀，牠一發現蟑螂，就趕快逃走了，多麼機警，多麼敏捷！」他氣苦地說。

經過蟑螂事件之後，我們不再輕易打開門窗，看夜景，也只敢隔著玻璃窗看。至於咪咪，我們也不再對牠抱持任何期望。

「以前我們要飆到大度山才看得到夜景。」在陽台前，貓咪對我說：「現在不必了，你只需要穿件內褲，走到落地窗前就有了。」

穿著內褲走到客廳看風景，的確是很愜意的事情，不過貓咪可以，我卻不行，因爲貓姊三天兩頭就會來看咪咪，還睡在另一間客房。國小三年級之後，我沒有在媽媽、姊姊之外的女性面前，還穿著內褲走來走去過。這間屋子裡，唯一有資格光著身體走來走去的，是一隻高齡老公貓，牙都掉光了，牠是咪咪。

「阿哲，你要不要試試看這個工作？」貓姊這次過來，順便拿了一張傳單給我。

這幾天還算是剛開學期間，課業壓力不大，而且又搬了新家，所以我可以好好地爲自己打算一下。貓姊給我的那張傳單是徵酒店男公關的，月薪六萬五，身體健壯，大專學歷優先。

「妳知道啥是男公關嗎？」我問貓姊，她搖搖頭。「男公關的另一個通俗簡稱，叫作牛郎。」

「喔，那還是算了，我再幫你看看有沒有不必賣身的好了。」她穿著一套皮卡丘的睡衣，帶著很可惜的表情回房去了。

我在新家架好電腦之後，立即把寬頻移機過來，可是連上線，卻發現信箱中完全沒有任何人力網站寄來的工作機會通知。

貓咪還很好心地跑來叮嚀我說帳單都快來了，叫我趕快認眞找工作，說完之後，他穿著印著大頭狗圖案的內褲，帶著擔憂的表情回房去了。只剩下咪咪在客廳走來走去，像隻自律神經失調的貓。而我，則一臉黯然地坐在電腦前面，持續發呆。

然後，我將電腦畫面從空蕩蕩的瀏覽器，跳躍成了BBS的視窗。那篇糟糕的〈愛上麻煩〉，依舊夢幻地排列在雲凡的個人板上面。香精燈燃燒著桂花香氣，我打開一瓶烏龍茶，想起被那個雲凡瞧不起的事情，忽然有點感觸，反正工作一時沒著落，而我學了三年多的中文，已經裝了一腦袋的創作技巧與觀念，工作找到之前，我爲什麼不來寫寫小說，給這位活在少女想像中的雲凡姑娘見識一下，什麼叫作正規學術派的夢幻愛情？

06

新的故事開始在新的地方，來認識我，妳將不會後悔。

我把我的故事寫成小說，當然裡面會提到貓咪，不過我沒敢給他看，因爲誰都不能保證他看完之後，會對我做出什麼事情來。當小說已經放到網路昭告天下時，他還很天眞地過著他的日子。

一如往常。我們騎著機車去上課，在教堂前面看情侶擁抱，在相思樹林前看人家接吻，在校門口看著一對對愛侶共乘著小綿羊離開。而我們，則叼著菸，蹲在校門的人行道上，繼續我們可悲的單身生活。

「你告訴我，爲什麼？」貓咪說：「爲什麼人家就可以這樣甜甜蜜蜜，我們卻得窩在這裡？」

側面看他的臉，叫作哀怨；四分之三正面看他的臉，叫作很低潮；正面看他的臉，叫作泫然欲泣。

「不要沮喪，滿街都是單身女孩，你放心吧！」我安慰他。

「好像那個詩經裡面有句話說，人家都有老爸老媽，我卻偏偏沒有的那個？」

「小雅，蓼莪篇，說是『無父何怙』。」

「對了，就是這一章。」他望著一對幸福的情侶，恨恨地說：「爲什麼人家都有馬子，卻偏偏就我沒有？」

「不只你，我也沒有呀。」我抗議。

「你沒有是應該的，這麼多年來，你哪一次成功過？」

他眼中完全沒有我存在，這是我最後的結論。

爲了報復今天下午，我在校門口被他完全看扁的仇恨，我決定把貓咪當成主角，再寫他一篇，然後放到網路上去讓大家欣賞欣賞。

花了一個晚上的時間，當我把貓咪的故事寫完，也貼到網路上面去了之後，正準備靜下心來，開始念我的「台灣文學導讀」時，電腦那頭，卻忽然有人傳了一個訊息給我。

「雖然我覺得很不願意，但還是非得找你一下。我是雲凡。」

傳訊者是topos，這個帳號我再熟悉也不過了，它的主人，讓我遭遇到玩BBS以來最嚴重的侮辱。

「請問貴幹？」

「你這陣子，在網路上發表了好幾篇小說。」

即使只是文字，我都可以感覺到她在線路那邊的冷漠。

「對呀，又如何？妳打算寫什麼鼓勵信給我嗎？」

不過她的冷漠我視而不見，我堅決主張，維持我的「風」格。

「請你認眞一點，我現在很嚴肅。」她說。

妳有輕鬆過嗎？我很懷疑。

近一個月來，我除了上課跟逛校園之外，其他時間都在寫作，我把我的每一段失敗戀情都寫成小說，到了上星期，連貓咪都被我寫進去，在網路上還算有點成績，有些陌生朋友同樣給了我一點鼓勵，甚至有人要求轉載。

我是網路寫手了嗎？不，我只是個窮極無聊，想寫點東西的閒人而已。

「我希望可以跟你用嚴肅一點的態度來談話。」她這樣說。

「妳要跟我聊美伊之間的緊張局勢嗎？」我在心裡面說：抱歉，要嚴肅是妳家的事，我可做不到。

「風先生……」

「我不姓風，沒練過獨孤九劍，敝姓徐，妳叫我阿哲就可以。」

「不管你叫什麼，我只是有件事情想麻煩你，說完我就走。」

「雲姑娘請說。」我把腳踩在椅子上，悠閒地點了一根香菸，然後讓咪咪窩在我的身上，一邊搓著牠的肚子，一邊敲下了鍵盤。

「我想轉載你的小說，到我個人板去。」

她說，自從上次我去她板子上面胡鬧一番之後，已經有人注意到我，最近我狂寫小說，當然這些人也發現了，居然對我有點興趣，還看完了我寫的幾篇故事。這些小說既然以我跟貓咪爲背景，當然故事發生之處都會在我們生活的台中市。

「我也在中部念書，所以同樣也對你的小說很感興趣。」

我有點得意地猛吸一口菸，用力搓搓咪咪的腦袋瓜，用很痞的態度回答：「小事一樁，雲姑娘請轉，轉大力一點，千萬不要給我留面子。」

我相信以她的心理潔癖，這當下一定是皺眉怒目，非常氣憤，因爲這個訊息傳出去之後，她過了一分多鐘才回訊，慢到我以爲她已經拂袖而去了。

「爲什麼你一定要這麼痞呢？對一個陌生人，你連一點基本的禮貌都沒有。」她說。

「一個人的言語，不能完全代表他的個性的。」

「可是你不只言語很痞，你連行爲都很過分。」她指的應該是我製造「國王」的問題那件事情。

「那是妳缺乏幽默感，妳心理過度潔癖！見不得別人瀟脫！」

「放屁！是你自己白痴！」

噢！她生氣了。

「妳排版爛，這是事實，妳亂發脾氣，這也是事實。」

當然，會生氣的人也不只她一個。

「徐什麼哲的，你講話不要太過分！！！！」

驚嘆號用很多，不代表就大聲，我把咪咪丟開，叼著菸，很用力地在鍵盤上敲著。「中間那個字是雋，我叫徐雋哲！不要亂叫，沒禮貌！」

「如果不是我有病，我……我……」

對了，我想起來，她曾經在信上寫說，她有病，她會咬人。這是什麼怪病呀？

「想咬我是吧！來呀！妳約個地方，我去讓妳咬！」我還會帶著獸醫一起過去，隨時準備把妳人道毀滅。

「明天中午十二點，有種你就出現！東海麥當勞！」

東海麥當勞？不會吧？那是她最後一個訊息。我盯著螢幕看了很久，直到嘴裡的香菸燒完，菸灰掉在我的大腿上，燒痛了我一下時，才回過神來。東海麥當勞？難道她是東海大學的學生？我的同校同學？

見鬼了……

這城市很小，但是我沒遇過妳，這網路太大，然而我們卻有緣。

我喜歡吃麥當勞的一號餐，不過我今天只喝可樂而已。沒點餐的第一個理由是我只有五十元，吃不起有兩塊肉的麥香堡；第二是我旁邊的貓咪只帶了三十七元，比我更窮，所以沒錢借我；第三是我等一下要去面試，我不想吃得滿嘴醬汁地去見我未來老闆；至於第四，也是最重要的，就是現在才早上十點零五分，了解麥當勞的人就知道，這時間沒賣套餐，麥香堡還沒開始供應，想吃也沒得吃。

至於那個雲凡嘛，算了，誰有閒功夫跟她認眞呢？我跟貓咪說，東海麥當勞萬一只是她大小姐脾氣中隨便講的地點，我不就要像個白痴等一下午？所以我壓根兒沒當眞。

昨晚雲凡氣得離線之後，貓姊對我說：「這次我幫你找到一個很棒的工作唷！」必須說明一下，貓姊不是一個喜歡瞎起鬨的人，她只是很無聊，才會以幫我找工作爲樂。

「我同學說，希望你過去試試看，當個班導師也好嘛！你現在大四，時間多，應該可以做吧？」

她有一個大學同學，現在人在補習班當教務，聽說頗缺人手。我對補習班的班導師工作並不排斥，反正不過就是點點名、發發講義、擦擦黑板、罵罵學生這樣而已。

「對呀，而且有辣妹可以看。」貓咪也走進來插嘴。

「辣妹？那個是國中的補習班耶！」貓姊說。

貓咪賊笑著拍拍他姊姊的肩膀，說：「全世界的人都知道，徐雋哲偏愛未成年的幼齒，難道妳不知道嗎？」

講這種話的人，我通常都不會放過他，貓咪被我一腳踢出房門去了。

「補習班的班主任，就是我同學的哥哥，所以錄取你應該沒問題的。」貓姊說。

雖然我不是很喜歡靠裙帶關係找工作，可是反正我也沒有更好的選擇，所以還是答應了。

貓姊立即幫我打了電話，安排面試，約在下午一點半，貓姊特別對我說，她這個同學是個非常理性而且有抱負的人，只要我把能力跟誠意拿出來，保證可以被錄取。

我在準備衣服時，貓咪又鑽進我房裡，腳邊還跟著咪咪。

「你明天要去面試哪？」

「嗯。」

「帶我去。」

「帶你去幹嘛？我是去面試，不是去相親。」

「我想去看看嘛！」

一邊整理我很久沒穿的襯衫，我一邊回答他：「你是想去看我出糗就對了啦！」

「誰要看你呀，我要去看我姊的那個同學。」

貓姊的同學？原來，我一直以爲「教務」這種死板板的工作，應該是男性居多，沒想到，原來貓姊這個當「教務」的大學同學，竟然是個女孩子。

「我姊說她是美女耶！」他露出很饞的樣子，就像是……咪咪看見飼料泥時的那種猴急樣。

於是現在我們坐在麥當勞裡面，我在想著下午應徵時要說的話，貓咪則畫著他的創意發明設計圖，我們一起等待下午一點半的來臨。

東海麥當勞向來有不少年輕人逗留，以前我們經常來這裡，假念書之名，行看美女之實。不過現在的年輕人大多轉往藝術街一帶廝混，麥當勞變得好冷清。舉目四顧，只看見一個女孩，背對著我們，正在那邊做些勞作之類的東西。

「那個會不會是你說的什麼『雲凡』呀？」

那個女孩留著及肩的長髮，身形纖細，雖然沒有看見她的臉，但是光從背影看來，就相當有靈秀之氣了。那女孩穿著一件鮮紅色的帽T，還有合身的牛仔褲。貓咪叼著吸管，對她不斷打量著。而我則觀察著她桌面上，擺在可樂杯旁的那堆美工的東西。那是一堆糖果，還有許多剪裁成小正方形的彩色包裝紙。

「她人緣應該相當好。」我指給貓咪看，「你看她在弄的東西，應該是All Pass糖。」

我跟貓咪說，現在才剛開學沒多久，她就已經在做這種東西要送人，可見她的學弟妹一定爲數可觀。

「我現在在乎的，不是她的學弟妹。」貓咪瞇起細細的眼睛，手指遙遙指向那女孩的身體曲線，跟著畫了個弧度。

這場景讓我想起很遙遠的高中時代，我跟貓咪在公園路的麥當勞熬夜啃書的夜晚。那時候他就常常這樣四處觀察、到處搭訕，雖然從沒成功過，不過卻練了不少膽量。

看看手機，時間不過才十點出頭，我猜想這個女孩應該不會是約我十二點來這裡決鬥的雲凡，所以我說：「過去瞧瞧，先看看長啥樣子，搞不好有機會認識她。」

「嗯，的確，有個完美的身材，又這樣溫柔體貼地包裝著All Pass糖，的確是賢妻良母型的好女人。」

早上十點二十二分，貓咪喝了一口可樂，拉拉衣領，順便用杯子上的水抹了一下他稍微有點長而亂的頭髮，然後跨出平均一步五十五公分的腳步，從麥當勞二樓樓梯邊的座位，走向窗戶的那一邊，假意眺望窗外街景。

據貓咪回來之後的形容，他說那女孩的眼睛很大，鼻子很挺，眉毛也很濃，是個相當可愛的女孩，而且有嚴重的娃娃臉。如果不是他偷眼還看見她正面姣好的身材，還有她鼻尖上面一顆紅得很的青春痘，他會以爲她可能只是一個國小六年級的小女生。

「那不錯嘛，兼具蕙質蘭心與青春稚嫩於一身，你不上太可惜了。」我煽動他。

「計畫取消，不要！」他堅決搖頭。

「爲什麼？你嫌棄她鼻子上的青春痘嗎？」

「她嘴裡面一直在喃喃自語，你知道她唸些什麼嗎？」貓咪問我。

「她既然在包裝All Pass糖，不是應該在祝福嗎？」

「祝福個屁。」

貓咪拉著我，繞了一圈走到她背後。女孩的聲音很甜美，雖然有點台灣國語，可是仍然很悠柔，而且走近一看，她後頸的雪白肌膚讓我很想一親芳澤，我彷彿聞到了她柔細頭髮上的淡淡清香，一切都呈現高質感的優美與協調。

「哪裡有問題？」我很小聲問貓咪。

「自己聽。」

輕靈的語音，非常纖細，我聽見了可愛的紅衣女孩嘴裡唸著的：「貴得要死的糖果，吃吧！吃吧！撐死你們這些小鬼！吃一顆，當一科；吃兩顆，當兩科；吃三顆，當三科；吃四顆……」

早晨十點快半的麥當勞，食物的香氣正在努力蔓延著。我望著她桌上那一堆All Pass糖，頓時失去了語言及思考能力。

原來包裝得美好的故事底下，往往藏著我們所無法想像的殘酷現實。

08

關於那個紅衣女孩，我決定不再多想。本來人就沒有完美的，離期中考還有一個多月，現在就要費心做那種糖果，是我也不會誠心誠意去祝福，搞不好我還會下點更殘酷的詛咒。

「如果她是那個雲凡，你會怎樣？」貓咪問我。

我感覺他受到很大打擊，連頭髮都亂垂下來，很沒精神的模樣。可是他忽然吐出的問題，卻也讓我心頭一震。如果這個正在對著糖果下詛咒的女孩是雲凡，我該怎麼想？

她是美女，從我現在的位置，就可以看見對面窗上她的倒影，我連她鼻尖那顆青春痘都看得見。她的確很可愛，有嚴重的娃娃臉，尤其是當她沒在詛咒時，小嘟著的嘴。

我沒有特別喜歡的女孩類型，但或許貓咪說得對，我對於看起來容貌稚嫩的女孩特別有感覺，所以我現在就很懊惱，萬一她真的是雲凡，我真能夠延續對她的怨念，甚至討厭她嗎？

「我想吃東西。」

「……」

「湊一下錢，去買點東西上來吃吧！」

「……」

「快點。」

陷在這個複雜問題裡的我，根本沒有聽見貓咪在講話。

「啊！」我的右手臂忽然劇痛，讓我大聲叫了出來。

這一痛讓我立即回了神，轉頭一看，貓咪正張大嘴，咬在我的手臂上，還死不肯放開。

「靠！你瘋啦！」

「我要吃東西……」他牙齒緊咬著我，翻起白眼來對著我，用哼的說著。

「好啦！放開啦！」

努力掰開貓牙的同時，我看見紅衣女孩也轉過頭來，正看著我們。她的眼睛睜得很大，充滿了疑惑，我想起雲凡的信上與公告裡面都曾提到過的：「我有病，我會咬人。」一時之間又陷入迷惘。

不過這次我迷惘的時間不長，因爲雲凡跟貓咪相差實在太多。又回頭，我看見那女孩起身，她面無表情地走下樓去。

「我去看我們的錢能買些什麼。」推開貓咪，我趕緊跟著下樓。

根據我的觀察，麥當勞對於員工的錄用，長相並非先決條件。像目前正在與紅衣女孩應答的服務員，就是活生生的例證。

「小姐請問要點什麼？」

「我要一份中薯。」她說。

我排在紅衣女孩的後面，距離她大約十五公分，還可以聞到她頭髮上的香味。

「我們有新的產品喔，妳要不要參考看看？」圓臉的男店員，指著點餐單介紹著。

「我只要一份中薯。」女孩再次申明立場。

「而且還有送玩具喔，這是一系列的大頭狗玩具。」他還在介紹。

「不然我多加一杯可樂，請給我一、份、中、薯！」

我聽得出來女孩特別強調的語氣，不過那店員看來還不大明白。

「或者妳要不要考慮一下我們的其他餐點，有……」

「我要中薯，你到底聽見了沒有！」她生氣了。「我只要一份中薯有這麼難嗎？生命中已經充滿了苦難，爲什麼老天爺還要多派一個完全聽不懂我要求的店員來傷害我！」

「砰」地一聲，這樣的台詞我似乎聽過，當下心頭一震。

「我只要中薯就可以，其他的請你不要再問我，我很煩，我有病，我會咬人！」

「我有病，我會咬人！」的句子，用一個帶點沙啞而富有磁性的聲音說出來時，原來是這樣的感覺呀！我不由自主地張大嘴巴，暗暗納罕，同時我也在準備轉身溜走，看樣子，她那句生氣時說出來的話是眞的。

「實在是很抱歉，我們十點半之前不供應薯條。」店員終於聽懂了，看來麥當勞挑員工也不大考慮他們應變能力的樣子。

「沒有你不會早點說嗎？給我一杯可樂啦！」她很不爽。我看見她的小嘴嘟得更高了些。

我很想轉身逃走，可是不曉得爲什麼，我現在只覺得全身冰冷、四肢無力，插在口袋裡的手，原本是握著我們買完飲料後，僅存的四十七塊錢的，現在居然也握不住了。

店員好不容易裝好一杯可樂，遞到女孩面前，她神色不悅地拿了吸管，還有找的零錢，重重哼了一聲之後，猛地轉過身來。

我說過，幸運之神只會眷顧那種長得像流川楓的男主角，對我們這種活在現實裡面的好男人，通常祂不會給我們面子。

我看見女孩身上那件T恤的紅色帽子從我眼前飛轉過一圈，然後她整個人氣憤地轉身，拿著可樂的手，在距離十五公分的空間裡無可迴轉之處，一把敲上了我的肩膀。

當然，這不是小說，我也不會那麼白痴的被淋一身可樂。就算我再怎麼意亂情迷，再怎麼心猿意馬，遇到這種事情，我還是很本能地往後跳了一大步，只不過，雖然我避過了那杯飛出去可樂，卻撞上了放在我後面的盆栽，整個人往後摔了一圈。

「對、對不起。」

她的臉離我的臉很近，有種呵氣如蘭的感覺。壓在可憐的小萬年青上面，我掙扎著爬起來，拒絕她的攙扶。

「你還好吧？」女孩的眼睛真的很大，她關心的眼光，給我很溫暖的感覺。

那個拙於表達而又肉餅臉的男店員急忙拿著拖把跑出櫃檯，一邊忙著拖地，一邊問我有沒有受傷。

我沒受傷，可是我這件米色長褲的後面，在屁股那邊髒了一大塊，這下可好，叫我穿這樣怎麼去應徵？

另外一位店員趕緊又重新裝了一杯可樂，遞給紅衣女孩，也裝了一杯紅茶，遞給還在拍著屁股上那片污泥的我，算是他們的一點歉意。

「抱歉，我不是故意的。」女孩說：「你想點什麼，我請你，算是賠罪好不好？」

除了搖搖頭，我想不出一句可以說的話。這個讓我第一眼就很心動的女孩，用這種方式讓我認識，而在這場鬧劇之下，是我們已經化不開的「仇恨」，誰能告訴我，我要跟她說什麼？

所以我搖頭拒絕了她的好意，用一個很僵硬的微笑，讓她知道我並不介意。看著她走上二樓之後，我才掏出零錢，買了一條蘋果派。結果店經理看我可憐，居然還多送我一條。

「哇塞，四十塊錢可以買兩條蘋果派？」貓咪驚訝地問。看見我拿著紙巾在擦著褲子上的污漬，他納悶地問我：「蘋果派是搶來的嗎？」

我說當然不是。

「不然錢怎麼夠？你這不是逃命時摔倒沾到的吧？」

我很黯淡地、很悲情地，把這件讓我丟盡了臉的糗事告訴他，最後我把他那顆貓頭拉過來，兩個人縮成一團，我跟貓咪說：「這些都不算什麼，我告訴你，那個紅衣服的掃把星，她就是那個人。」

「雲凡?!」結果貓咪大喊了出來。

羊太傅說過，人生不如意事，十有八九。而我個人加上註解，這些個八九，通常都環環相扣，具有連續性。

「你們認識我？」在我跟貓咪抱頭私語時，紅衣女孩拿著她那杯沒有動過的可樂，走到我們桌邊。

「你是那個『風舞』？」她問貓咪。

「靠，他才是。」貓咪很輕易地背叛了我們將近十年的交情，他毫不遲疑地指著我。

「嗨，妳……有點嬰兒肥喔！」

我不知道我在說什麼，真的，我完全，完全，不知道我在說什麼。

這是我的徐式幽默，了解並且接受它，妳就會開始喜歡我。

09

當班主任問起我的生涯規畫時，我的腦袋還空成一團。他說他需要的是事業夥伴，不希望應徵者只是打工而已。我不斷點頭，聽他說著他開補習班的志願早在多久多久以前就已經確立，這家補習班又將在他的規畫底下，怎樣怎樣蓬勃發展，最後他將要建立一個幹嘛又幹嘛的補教王國。

說了很多之後，他拿出兩張考卷給我寫。我從沒聽說過連進補習班當班導師都得要考試，而且，還是考英文。

「如果你對數學或理化比較有信心的話，想寫這兩科的也可以。」他說。

微笑著搖搖頭，我不想自取其辱。可是面對著密密麻麻，正反面都有題目的兩大張考卷，我又是一身冷汗。念文學系，不代表就精通各國語言，我跟貓咪是高職工科畢業的，從高一之後，我就再也沒有認真念過英文，後來轉行念高中的第一類組，所有的英文單字都靠死背，大學考完便通通丟在考場沒帶回家。好不容易讓我讀到中文系的大四，現在拿兩張英文考卷給我寫，無異是叫我現場切腹，殘忍，真的有夠殘忍。

彎曲扭動的英文字母拼湊而成的單字與句子，幾乎有三分之一我不認識。想起班主任說的，他希望班導師可以完全掌握一個班，把輔導、點名、管理，都當成是對學生的要求，所以他才會訂下這樣的規矩。我覺得太扯了，以前我們補習時，班導師要嘛就打扮得花枝招展，不然也是衣冠楚楚，從不曾聽他們講過半句英文、出過半張考卷，為什麼？為什麼現在我來應徵，卻要面對這種窘境？

沒有勇氣在主任拿出考卷時就當場走人，我只好繼續忍受這種苦難。

有人在詛咒我，絕對是，絕對是。麥當勞的櫥窗前，那個紅衣服的女孩，是不是妳！

雲凡手上那杯可樂本來是想拿過來賠罪的，一聽到我就是那個「風舞」，當場不發一語，掉頭走人。看著她把桌上的All Pass糖都塞進背包裡面，貓咪小聲地對我說：「哇，完了。」

是完了，她不但聽見了「掃把星」這三個字，而且我還莫名其妙地對著她圓嘟嘟的小嘴，說了一句罪該萬死的「嬰兒肥」。如果我是她，我一定會去麥當勞櫃檯旁邊的那盆小萬年青附近，找一個名叫徐雋哲的人的頭髮，或者看看他剛才在這裡表演後空翻時有沒有遺落什麼貼身物品，好拿回家去打小人，放蠱下降頭。

雲凡的臉上是那種死人表情，她把可樂在桌上重重一頓，然後轉身收了東西離去，這當下應該在這城市的某個角落中詛咒著我。

今天是倒楣的一天，我很確定。一進補習班，一堆人就盯著我屁股上那塊污泥竊笑，班主任還問我是不是發生意外。應徵前我忘了先上廁所，結果聽著一個陌生的四十歲男人長篇大論時，我差點尿失禁，現在可好，我還是沒有看見廁所的樣子，卻有兩大張英文考卷擺在面前。

唯一幸運的只有貓咪而已，他剛剛躲在補習班門口，偷窺著補習班裡的每一個女職員，卻放著我在裡面受苦受難。

「你好，我姓謝，我叫謝紓雯，這裡的教務，你應該聽櫻芬提過我吧？」跟我說話的女孩，不，應該說是女人，她太有女人的樣子了。她就是貓姊的大學同學，「櫻芬」是貓姊的名字。同樣大我一屆，紓雯的模樣是丰姿綽約，貓姊卻老是讓我想起她拖著一雙大拖鞋、穿著皮卡丘圖案的大睡衣的模樣。

紓雯很高，不長的頭髮，燙著大波浪捲，除了口紅，並沒有多施脂粉，但是卻散發出完全的女人味來。我曾在山田詠美的小說裡看過這樣的描述：一個眞正成熟的女人，只需要一點口紅，就可以將屬於成熟女人獨特的韻味都散發出來。的確，紓雯就像那樣，穿著白襯衫、水藍色牛仔褲，其過人的特殊之處，卻已經遠勝於濃妝豔抹還穿著晚禮服的一般女子。

「嗯，我知道。」微笑著，我也點點頭。

紓雯帶著我到櫃檯旁的一張圓桌前坐下，她問我自己對於那兩張英文考卷的作答感想如何，我嚥了口口水，略想一下之後，說：「基本上我已經知道，貴補習班跟我個人專長非常不合，所以這個話題，如果可以的話……」說到後來，我聲音愈來愈小。

「如果可以的話怎樣？」她稍稍彎低了腰，似有深意地湊過身來問我。

「我看還是不要再討論了吧……」我哭喪著臉，苦笑著說。

她笑著，問我怎麼看待這場考試，我說：「這是我考過最離奇的試，成績怎麼樣，我想已經非常明顯了，所以我說什麼其實都一樣，不是嗎？」

「你要試著解釋嗎，關於成績？」她又問我。

我把兩手一攤，笑了出來：「還能解釋什麼呢？英文是我認為還可以的科目，不過事實顯然跟我想像的有一段距離，我想沒有解釋的空間，其實也沒有必要，擺在面前的事實，是沒有轉圜餘地的，不是嗎？所以我覺得算了，這樣其實也可以測驗出我有多少實力，讓我知難而退。」

說到這裡，我已經準備起身告辭了，沒想到紓雯又說：「可是兩張考卷無法決定一個人所有未來的，不是嗎？」

紓雯告訴我，這家補習班除了國中教育最重視的英文、數學、理化之外，他們也開設了社會科與國文科的課程，只是目前沒有適當的班導師來帶班，也還沒有聘請到優秀的老師來授課。

「現在的你是不是最好的，我不知道，不過我相信，一個人如果有心，他就可以達到那個境界，甚至更超越。」她說。

我對她解釋，我只是個大四的學生，一年後畢業，當完兵之後的事情，誰也無法預料，這跟班主任尋求「事業夥伴」的立場明顯衝突。

「如果我們能夠給你的條件相當優厚，足夠讓你這一年願意在這裡認真學習，也足夠到兩年後讓你願意再回來工作呢？」

有這種好事嗎？我有點懷疑。

「未來充滿太多的變化，我們補習班成立不到兩年，需要的是可以長久合作的朋友，如果你眞的有心，我可以說服我哥哥，讓你在這裡工讀，學習經驗與技巧，等你退伍之後，再回來加入我們的行列。」

看著她塗著亮紅色口紅的唇，我依然覺得萬難相信，不能相信現在跟我面談的是一位風情萬種的美女，而她居然只大我一歲，更不能理解她爲什麼要如此相信我這個褲子上面還沾著一塊污漬的三流大學生。

「爲什麼妳願意給我這樣的機會？」我忍不住要問。

「很簡單，兩個理由。」她嫣然笑著。「第一是因爲我相信櫻芬的眼光，她認定的人事物，向來沒有出錯的，而事實證明，雖然你的英文考試不及格，但是你的態度與心胸卻是高分的，讓我非常欣賞，櫻芬沒有推薦錯人。」

原來是貓姊的信用保證哪！那第二呢？

「如果你寫的小說都是眞的，那麼你的人格與誠懇，也的確値得人家信賴。」

我寫的小說?!我的天哪！

別以爲只有小孩在玩BBS，大人也會看小說的。

10

後來我才知道，這是因爲我曾把BBS的連線板介紹給貓姊，而我又把自己跟貓咪的本名都寫進去，所以紓雯根據貓姊的推薦，很容易就在線上找到了我的小說。應徵的最後，紓雯在門口對我說，明天國一的國語文班要開課，如果我有興趣，可以過來一趟，她願意讓我試教一堂課。

「可是主任會答應嗎？」我很懷疑。

「別忘了，我是這裡的教務，課程安排是我決定的。」她笑著說。

一件事情的好壞，不能單純只看一面。經過褲子的污漬風波，還有那兩張英文考卷的重大摧殘，我已經對我的補教之路萬念俱灰了，沒想到紓雯卻願意給我機會，讓我試著教看看，並且熟悉補習班的運作。而哪裡想得到，她會如此看重我的原因，除了貓姊的眼光之外，跟我的小說竟然也有關係。

不過雖然紓雯說，她是憑著這兩點而對我欣賞看重的，但我還是多少有點懷疑，畢竟她沒有真正認識我這個人，不過我還是要感謝她，至少她願意給我機會。

可是這樣就表示雨過天晴，一切有機會了嗎？不，我說過了，幸運之神是不會眷顧我們這些現實裡的好男人的。

隔天下午，我去補習班時，紓雯拿了一疊講義給我，有閱讀測驗、字詞解釋等等。

「今天是第一節課，輕鬆上就好，先讓你自己感覺一下，在大家面前講話的感覺。」她拍拍我肩膀，對我說：「如果一切順利的話，就先接國一的班導師，課程簡單，也容易帶。」

看著我欲言又止的樣子，紓雯說：「你好好表現你自己就夠了，就像你寫作那樣自然，把你的信心拿出來，剩下的問題，我會跟我哥哥說明的。」

她的信心滿滿，我卻忐忑不安。畢竟在明亮的教室裡面，拿著講義，站在講台上對學生講話，跟拿著吉他對著台下黑壓壓的觀眾嘶吼，是有天壤之別的，我覺得非常彆扭。紓雯陪我走到教室門口，還對我說，一切自然就好。自然就好，依照我目前的狀況，最自然的反應是奪門而出，而不是走上講台。

「各位同學，請準備上課了。」教室裡坐了大約四十幾個學生，我鼓起勇氣，用有點虛軟的喉嚨發聲：「國中課程與國小相差很多，課業壓力也會很大，希望你們明白。」

我知道補習班的老師多半不時興道貌岸然這一套，他們需要權威。可是我沒有肥肚子，沒有白頭髮，我只有一副有點驢的膠框眼鏡而已。

「老師我沒有拿到講義。」有個髮型看來很討厭的小鬼講話了，我請他出去跟櫃檯小姐要一本。

「今天老師先跟你們講解一下國中考試的幾個基本題型……」

「老師你都沒有自我介紹。」另一個臉型也很討厭的小鬼講話了。

「這個等一下再介紹沒有關係，你們先打開講義第二頁。」

「老師我們好餓，可不可以吃東西？」坐在最前面，一個從內臟的位置，到外在的衣著，都讓我覺得很痞的男學生又講話了。

國一，原來是個這麼討人厭的時期。威嚴，我需要威嚴。慢慢地闔上了講義，慢慢地呼了一口氣。

「所有人現在給我仔細聽清楚了，我的上課規矩很簡單，要求也不多，聽好了……」我說：「所有人的手機請關機或調成震動，如果你有飼養什麼電子雞、鴨、魚、鵝、恐龍、美少女之類的，請暫時把它調整到保母狀態，另外，如果你習慣帶槍出門，也麻煩請關好保險。現在，我要開始上課了，至於想吃東西的人請慢用，但是不要讓我聽見你喝湯時發出聲音，咀嚼時也請不要張開嘴巴，我不想看見你咬了什麼在嘴裡面。」

說完，我惡狠狠地瞪視教室內一圈，果然，所有人目瞪口呆，傻成一片。這，就是我所謂的權威。

「你們是來這裡學習的，不是來這裡浪費時間的。」我最後下了結論，然後轉身拿起粉筆，在擦得很乾淨，乾淨到幾乎可以用舌頭去舔的大黑板上面，寫上我的名字。「這是老師的名字，記不記都沒關係，反正學測不會考。」

「嘩?!」

「喔?!」

「咦?!」

寫著名字的時候，我又聽見三個奇怪的聲音，從我背後傳來。

「你們到底又有什麼問題了？」我覺得相當不耐煩。

「老師，你是貓咪的朋友對不對？」

到底國中的考試題型有哪些，我現在完全想不起來。腦海中縈繞著的，是那些小鬼們在上課中不斷口耳相傳時，時而迸發出來的笑聲。我還聽見有一個很惡質的小鬼說：「我跟你講喔，他就是小說裡面那個永遠交不到女朋友的主角，叫作阿哲。」

「所以？」

「所以我跟妳同學說過了，請她另請高明吧！」我在電話中回答貓姊。

這是非常難熬的一天，我在天堂與地獄之間，不斷上上下下，忽而享受在前途光明燦爛的夢境中，忽然卻又被那些國一小鬼扯進冰冷的地獄裡。

「我完全無法想像，會是這種局面。」我跟貓咪說，我寫小說時，完全沒想到會在現實中對我自己造成這種影響。

「你不會紅成那樣的吧？」連貓咪都不相信。

他穿著一件灰黑色的上衣，與很俗氣的紅短褲，露出毛毛的腿，翹著腳，側頭瞄我許久。

「有時候我就覺得很奇怪。」他說：「爲什麼你不能演好一個人的角色，卻老是把自己搞得像病毒一樣。」

病毒？

「人家的個人板你去作亂，結果被禁止發言；現在又搞到連整個補習班都知道你是小說裡面那個白痴徐雋哲，你到過的地方，還有哪裡是平靜的？」

我看著老氣橫秋的貓咪，自己想想也對，怎麼開學到現在，好像我幹過的每件事情，都可以引起軒然大波的樣子。

「至少搬來這裡到現在，我應該還沒出過亂子吧？」我抗辯。

「沒有嗎？」他冷冷地說。

結果我輸了。他把老貓咪咪的便盆拿進來給我看。

「今天早上咪咪的飼料是你弄的。」

我點頭。

「你忘記在果汁機裡面加水，結果飼料攪成粉，還是很硬。」

我點頭之外還皺起了眉。

「那隻笨貓根本沒消化。」

點頭皺眉之外，我感覺自己嘴角開始嘟了。

「牠晚上跑到我的床上去拉肚子，拉得我滿床都是大便。」
點頭、皺眉、嘟嘴可能都救不了我了。
「我好不容易把牠帶回貓盆來大便，你看，這就是你這隻病毒幹的好事。」
我用哀怨的眼神望著貓咪，靜候他發落我的生死。
「來，你夠心意的話，隨便吃個兩口，我就放過你。」

我是致命的病毒，誰是我肆虐的溫床？妳，或是妳？

11

贖罪有很多種方式，一般來說，用錢是最快的。我花了一千八百多，幫貓咪把所有沾到貓大便的東西都送洗，還請他吃了半隻北平烤鴨。錢可以贖罪、求和，但是錢不能改變一個人，比如雲凡。我相信，以她的心理潔癖看來，不要說我輸送歲幣給她了，就算我今天割地和親，她應該也都不會原諒我的。
「女人哪，就跟烤鴨一樣。」貓咪夾著一塊烤鴨。「你知道烤鴨的自尊嗎？」
烤鴨的自尊？
「一隻烤鴨，在變成烤鴨之前，要經過很多步驟。牠被宰掉、被塗上醬料、被放進爐子烤來烤去、又被刀子剖來剖去，最後才變這樣。」
「這跟烤鴨的自尊有關係嗎？」

「當然有。你注意看，烤鴨的皮幾乎都沒有受傷。」

我只知道，我最愛吃的就是烤鴨皮，至於皮有沒有受過傷，我卻從未在意過。

「一隻烤鴨最後送到你嘴巴的時候，皮都沒有受一點傷，老闆就是懂得鴨子的自尊之所在，所以會小心翼翼去弄牠。你懂嗎？」

「你是說，皮，就是烤鴨的自尊？」

他欣慰地點了點頭。「如果皮被老闆弄壞了，鴨子可是會傷心、生氣而且沒面子的唷！」

「難道女人的自尊也在皮嗎？」我提出的問題，害貓咪差點被骨頭噎死。

「你會把女人的皮放在嘴裡面咬來咬去嗎？我的意思是說，人對自尊的在意，常常表現在很多細微的地方的意思啦！」他夾起一塊烤鴨。「老闆可能不小心把皮烤焦了，而烤鴨又不會講話，所以牠只能生悶氣。女人就不同了，女人會用盡各種方式，讓你了解她的怨恨。」

「你是說，如果我不小心踐踏了她的自尊……」

「你就會被她永久禁止發言。」

我踐踏了雲凡的自尊？開玩笑的是吧?!

「兄弟，你是個被唐朝詩人灌溉了太多幻想的現代白痴。」貓咪叼著筷子，拍拍我的臉對我說。

我是個被唐朝詩人灌溉了太多幻想的白痴？不對，我是個被貓用滿是油膩的貓掌拍在臉上的白痴才對。

抬頭是十七樓外台中夜雨，今晚的心情，在吃過烤鴨、洗過臉之後大好，但我打開電腦之後，卻發現原來好心情只有我有而已。雲凡的個人板上有個新議題，這個議題正瀰漫著愁雲慘霧，標題是：「誰來救救我的國文成績」。

從議題發表，到最後的討論，共有二十幾篇，居然沒人救得了她。議題的內容很好笑，原來雲凡的國文成績爛得可以，國文老師給了她一個機會，只要她能解釋出〈登樓賦〉作者王粲寫那篇作品的原因及背景，並且做個完整解釋，這學期就免費送她六十分。

一堆人提到了東漢末年的政治，什麼北方混亂，文人南遷；什麼戰爭太多，武人當權等等這些客觀環境，但是居然沒人有明確答案，大家只能眼睜睜地看著雲凡姑娘明年準備重修。

我閉上眼睛，思索了一下已經翻爛的《三國演義》，然後拉開書櫃，拿出以前的筆記和一大本《古文鑑賞集成》，王粲，很矮的文人，記憶力強，文采過人，可是他這輩子沒紅過，在《三國演義》裡面也不過演個小角色而已，一般人只會注意到他寫的那篇〈登樓賦〉，而不會注意到他這個人。

這是一個不錯的交易機會，我覺得。

【作者】 wind（風舞）
【標題】 交易
【時間】 ……

放棄妳對我的敵意，讓我道歉，並且接受我的徐式幽默；而我可以解答妳的問題，讓妳平安拿到六十分。這交易說大不大，說小不小，開啓的是一個誰都不能預料的我與妳的連結，解決的是一個妳和我誰都不想看見的紅字危機。

不是本人自誇，我至少可以背出一百個三國人物的姓名與字號，甚至還可以交代他們一生的功業，從國小三年級開始看三國，把電腦的三國志遊戲從第一代玩到第八代，多給我三天時間，我還可以說明三國名將裡，哪些人是被弓箭射掛的，哪些人用的又是些什麼怪武器。

貓咪在結束烤鴨大餐時，對我說：「已經被踐踏了的自尊是救不回來的，不過至少你可以做點補償，就像你毀了我的房間之後，請我吃烤鴨一樣。」說著，他用油膩的手，拍拍我另一邊的臉。

「交易之前，你確定你夠格？」

「妳懷疑我的能力與智慧嗎？」

「不，我懷疑你的人格。」

「我的人格很健全，在東海念了三年中文系，至今沒有發病，也沒有咬過人。」

「這又是你的徐式幽默嗎？」

「不，這只是呼應妳的口頭禪而已。」

她沉默了。我在她沉默的一分鐘裡面，點了香菸，把音樂調到更大聲。

「試舉出東吳大將隨便五個人的名字。」

「太史慈、周泰、蔣欽、韓當、黃蓋。」

「為什麼你不說周瑜、魯肅、陸遜？」

「因為我翻爛了三國歷史，沒看見他們上戰場打過架。」

沒想到我想掙回我的發言權，還得接受測驗。

「第二題，千尋鐵鎖沉江底，一片降幡出石頭。這兩句說的是哪一場戰爭？」

看來雲凡也念過《三國演義》。

「東吳滅亡之戰，吳軍橫鎖江心，被晉兵用火燒溶鐵鎖，終於打到建業城下的故事。」

我說過，我把三國志從第一代玩到第八代，她不可能比我精。

「我也看過很多遍《三國演義》，為什麼我找不到我們老師要的答案？」她把話題切入核心，直接問我這件事。那麼，我通過測驗了嗎？

「答應我兩件事情，我就告訴妳答案。」

「姓徐的，你很懂得趁火打劫喔。」

「不要以為文人就不會做買賣，要不要是看妳。」

她要我先說條件。

「開放我的發言權，我會把答案公告出來；讓我再見妳一面，向妳賠罪。」

「……」

王粲在劉表處始終不受重用的理由，請見高中國文課本裡的作者欄。裡頭提到一個罕見的形容詞——「貌寢」。這就是答案所在。

文人南遷避亂是背景，武人出頭是捷徑，但是文人同樣可以建立功業，詳情請自行參閱相關書籍。

王粲會沒有發展，是因為「貌寢」。所謂的「貌寢」，就是一見到他的容貌，你就會想到要就寢。我們誰也沒有見過王粲本人，但是我想誰也都不想見。劉表就是因為每次看見王粲就想回房睡覺，所以王粲才始終沒有機會出頭，才會寫下〈登樓賦〉這篇膾炙人口的感嘆佳作。

不信的人去翻課本，如果你認為需要更進一步的查證，可以自行試圖跟王老先生本人聯絡，不過我沒有他的電話，也不知道查號台有沒有登記，如果誰查到了，也請不要告訴我，我精神很好，不想跟他見面。

以上為不標準答案，但是絕對可以讓妳拿到六十分，相信我。

這篇文後來被雲凡給收進精華區，而且板友推薦高達二十幾篇。但那都不算什麼，最重要的，是我坐在麥當勞裡面，這回我穿了一身黑，萬一再摔一次，泥巴痕跡也不會那麼明顯。

我點了杯可樂，用我認為最優雅的姿勢，坐在二樓靠窗的位置。窗外是一個十字路口，人車繁忙。麥當勞的對角是一家7-11，有個女孩在那裡停下了機車，她還是穿著那件鮮紅色的上衣，不過牛仔褲從藍色換成黑色，臉上沒有表情，但是卻顯露出十足稚氣，像個可愛的小女生。她踩著輕快的步伐，搖擺著飄逸的秀髮，正從斑馬線走過來。

她像朵嬌雅的雲，在我眼中，一點都不平凡。

我不喜歡跟陌生人吃飯，因爲我怕會因爲一些無心的小動作，而把場面弄得很尷尬。不過這次顯然是我多心了，因爲雲凡自己就端了滿滿一盤的食物上來。

「這些都是妳自己要吃的嗎？」

「當然。」放下托盤，她斜眼看著我說：「你要請我的東西，我不會在麥當勞點，那太便宜你了。」

「妳是在告訴我說，其實妳也很會趁火打劫、很會做買賣的意思嗎？」

面對著窗外，她吃起了薯條，我則喝著可樂，安靜得像兩個陌生人一樣。

「你爲什麼叫作『風舞』？」

「自由自在，無拘無束，不想平凡地杵在原地，想像風一樣舞動。妳呢？」

「像朵平靜的雲，安靜地躺在天空，沒有波折或苦痛，平凡到誰也不會發現。」

「可是我發現了！」我說。

她瞪大眼睛看著我。

「沒有永遠不動的雲，會有風把妳吹成各種不平凡的樣子。」

「你只能吹動我沒有思想的衣袖，吹不動我平靜的心的。」她淡然而驕傲地說著。

我們終究是不同的，除了幽默感之外，還有追求的也不同。

「可不可以告訴我，妳的名字？」

「爲什麼需要名字？」

我說，倘若我們始終不曾見面，那麼她將可以永遠是網路上那個小說排版很爛、幽默感很貧乏的雲凡，但此刻我們正坐在一起，看著同一個十字路口，還聊著相關的話題，那麼我當然應該知道她的名字。

「難道我給你的印象，僅止於排版很爛、幽默感很貧乏嗎？」

我想起貓咪提醒我的，不要隨便踐踏女人的自尊，所以我很客氣地說：「當然妳也還有很多特色的。」

「姓徐的，注意你接下來的發言。」她忽然陰沉沉地說。

「欸，這個嘛……」於是我遲疑了。

「我還有什麼特色？」

「妳有病，妳會咬人。」我看見她圓圓的側面、嘟嘟的小嘴，還有小嘴裡面，故意露出來給我看的，非常白淨的犬齒。

人與人之間相互依存的關係，眞的是非常微妙的。她用她的犬齒，在我的手臂上面留下了我們曾經共同存在過的證據之後，對我說：「我姓韓，我叫韓郁芬。」

很不平凡的姓，很菜市場的名字，由一個嗓音很獨特，卻帶點台灣國語的女孩口中說出來，就是一種很匪夷所思的感覺。

「郁芬……郁芬……」我喃喃自語。

「很平凡的名字，很適合我想要的感覺。」她說。

「那，我叫作……」我張開嘴巴，正想要正式來一次自我介紹時，她抓起一把薯條，塞進我的嘴裡。

「你叫作徐雋哲，東海中文系四年級，騎一輛破機車，沒交過半個女朋友。不必介紹，看過你小說的人都知道。」她冷冷地說：「而且我知道你有一個很愚蠢的朋友，叫作貓咪。」

韓郁芬，嶺東技術學院的學生，學的是資料管理，今年專三，這是她自己說的。我很想問她有沒有男朋友，不過這話我問不出口。

沒有一個男人，會希望第一次見面的漂亮女孩是有男朋友的，如果有，男人會很傷心，而萬一女孩的男朋友，還眞的是像小說裡面那個流川楓型的美少年，那這個男人就不只會傷心而已，還會柔腸寸斷。帶著揣測、懷疑、還有好奇的眼光，我看著眼前的女孩，她清秀的臉龐正對著窗外，非常可人。

「不必用那種眼神看我，我沒有男朋友，小說是我掰的。」她忽然說。

「謝謝。」我感謝她回答了我想問而不敢問的問題。

「謝什麼？我不會給你任何機會的，今天來，我只是做一件交易而已。」

「妳怎麼知道，哪一天或許是妳想來接近我呢？」我覺得很不平衡。

郁芬皺起了眉，用非常不能理解的表情面對著我。

「愛情的發生，就像配電盤的爆炸一樣，誰都無法預料，不是嗎？所以事情不要一面倒地獨斷，風吹來吹去，雲怎麼知道下一秒會變啥樣子？」

「吹來吹去，表示你很反覆無常。」

「不，表示我腦袋很靈活。」

她似有深意地瞄了我一眼，然後微笑著不再說話，叼著一根薯條，繼續望向窗外。

「我的小說是掰的，你的小說呢？」她問我。

「半眞半假，關於貓咪的就是眞的。」

「愛情的部分呢？」

「投注的心力是眞的，失戀的結局也是眞的。」

我說，小說本來就介乎眞假之間，如果要完全的眞實，那讀者應該去翻報紙看社會版，而如果要完全虛構的故事，那可以花個兩百五，「哈利波特」或「魔戒」在MTV可以找得到。

「我不打算在太轟轟烈烈的愛情故事裡面當男主角，那對腦神經折磨太大。」

「你不是想要很不平凡嗎？」

「小姐，」我攤開雙手說：「我要的只是人生多采多姿，可不想自己演一齣羅密歐與茱麗葉，好嗎？」

她笑了，含在嘴裡的半根薯條在搖晃著。

「不要你死我活的，我只想很簡單地喜歡一個人。」我說。

「這要求不難嘛，你爲什麼會交不到女朋友？」

咬著吸管，我從來沒有這麼冷過，從頭頂冷到腳底板，即使是再無心，也不要問得這麼直接嘛！

「我是不是問得太犀利了一點？」她自己也笑了，而且笑得很鄙夷。

「交不到不代表我沒有心儀或暗戀的對象。」

「喔，那你心儀或暗戀的這個人，人家怎麼說？」

「不知道，她沒有說。」

「你不敢問？哎呀，告訴姊姊，我幫你告白去。」

我覺得很可恨，平常一副撲克臉的她，這時候起鬨起得多認眞，居然自告奮勇起來了。

「妳問不到的。」

「爲什麼？」

「因爲我心裡的這個人，老是把自己鎖在高塔頂樓，不肯接受別人的幽默感。」

她的表情忽然僵了，低聲問我：「然後呢？」

「我兩天前才被她解除板壞身分，還來不及告白。」

敢取笑我，非得露一手我徐式幽默的功力讓她見識一下不可。

回家之後，承襲著多年來的往例，貓咪問起今天的進展。

「你從頭到尾都坐在那裡沒有動？」他很難置信。

「有呀，我上過一次廁所。」

「那我看你的前途又危險了，來吧，我已爲你張開我的雙臂，準備哭泣吧！」

「沒有那麼嚴重吧，我又沒說要追她。」

「很多科學家拿到諾貝爾獎也都是意外，你怎麼說？」

我愣住了。

事實上，我今天偷眼望著郁芬時，的確是小鹿亂撞的，即使那顆鼻尖上的青春痘還沒完全消退，卻仍然掩不住整體的美好。

因爲傍晚還有課的關係，所以郁芬不能待太久，看著她收拾好桌上，我說：「我們還會見面嗎？」

她又瞄了我一眼，「我有病，不能接受太多刺激，不然……」

「我不會刺激妳，我只想認識妳。」

「約在一個你可以請我的地方，不然你能認識的，就只有我的犬齒而已。」說著，她居然咧開朱唇，又對我露了一次白閃閃的犬齒。

那森然寒光讓我不自覺打了一個寒顫，郁芬把垃圾清理掉之後，走到我的身邊，對我說：「回去之後，寫個八萬字的心得報告來，我就考慮再見你一次，讓你請客。」

「八、八萬字?!」

「題目叫作：風雲之間宿命的相逢與不可避免的衝突之化解計畫及心得感想。」

我懷疑她自己有沒有想過這題目的意義，因爲她說得好快又好自然，完全沒有理會我的瞠目結舌。

「不要以爲只有你有什麼徐式幽默，我的韓式幽默，一樣可以讓你痛不欲生。」

相信我，不只妳的袖子，我還能吹動妳的心的。

13

貓咪不斷鼓吹著我，他說：「你可以約到她第一次，就沒理由約不到第二次。」

我說不可能，按照郁芬對我的印象，下次除非我在鬥牛士擺桌，不然休想她會賞光。

「郁什麼？」

「郁……郁芬。」

「已經進展到直接叫名字囉？那快了嘛！」

怎麼會這樣？她不是叫作雲凡嗎？在我的心裡面，竟然早在不知不覺間，把她名字記牢了。

這是不對的，我受到的是排斥與歧視，可不是垂青或善意！我不斷告訴我自己，但是一邊催眠自己，我卻一邊又連上了線，進入郁芬的個人天地裡面去。

她說，今天是非常有趣的一天，有個很自以爲是的男人，在她面前完全束手無策，這一天眞該被定爲國家重要節日，用來慶祝女性主義在台灣的一大勝利。

想起郁芬說的，她渴求的是平凡。我心裡想，什麼是平凡的生活？衣食無缺嗎？還是心安理得呢？我覺得，二十出頭的年輕人談平凡似乎早了點，我想要見識更寬廣的世界，在我大四這一年，我會想多看看這世界。

不曉得爲什麼，我想起了紓雯，這個大我一歲，但是見識與思想卻比我成熟得多的女人。自從我沒有再到補習班去之後，便再也沒有她的消息，她會怎樣看待我呢？懦弱逃避嗎？對著電腦螢幕，我忽然發起呆了。

「你睡著沒？」貓咪走了進來，自律神經失調的咪咪則尾隨著他。

「台中已經快突破百萬人口了，你能不能告訴我，要怎樣在這一百萬人裡脫穎而出？」看著窗外，我問貓咪。

「你想出名呀？」

「我只是不想變成一個庸庸碌碌的人。」

「我不知道怎樣叫作庸庸碌碌，不過我知道一個可以一夕成名的辦法。」

我問貓咪，他有什麼好辦法。

「跳下去，明天全國的早報都會刊登你的名字，你就家喻戶曉了。」貓咪根本不在乎我的心情，他說：「我只是忘記了一件事情，所以進來告訴你。我姊的那個朋友傍晚打電話來，她要找你，不過你人不在。」

紓雯？找我？

「我跟她說你明天有課，所以叫她下午約在東海比較快。」

「約我幹嘛？」

「好問題，你明天可以問她，下午四點半，藝術街的『有一間咖啡館』，她在那裡等你。」

相信每個正常的男人，都會對紓雯這樣的女人動心。她美麗而成熟，更重要的，是她今年才二十五歲不到，就已經是一個大型補習班的教務了。我當然是個正常的男人，因此對於紓雯的邀約，自然也會相當開心，不過就在發動機車時，我卻遲疑了。到底紓雯找我幹嘛？還要跟我談補習班的事嗎？一想到那些國中生在台下交頭接耳，討論著徐雋哲交不到女朋友時的樣子，我就很想挖個洞把自己埋起來。

然而在這之外，其實我有點難以分辨自己的感覺。接連著兩三天，跟不同的女孩見面，兩個人風格迥異，對我的態度也天差地遠。面對著郁芬，我可以把話說得很自然，甚至開玩笑也可以不留餘地；但是面對紓雯，我卻總有著異樣的感覺，即使笑臉相對，卻似乎永遠存在著某種距離。

傍晚的藝術街，沒有太多行人，「有一間咖啡館」就在路邊，不過我覺得這裡更像茶館，因爲賣的東西很西方，擺設卻很中國。

推開店門，有個微胖的女服務生來接待。我說明找人的意圖之後，由她引領我走進店裡，繞過屏風，我看見了紓雯，穿著米黃色上衣與長窄裙，看起來很優雅。

「嗨，阿哲。」她出聲叫我。

坐下之後，紓雯把菸灰缸推到桌子中央，一根細長的薄荷香菸擺在菸灰缸上。

「還好貓咪有跟你說了，我眞怕他忘記呢！」她笑著說。而這時我瞥見引領我走過來的那個服務生，她忽然全身一顫。

「如果是關於補習班的事，那實在……很抱歉，因爲我眞的覺得，在一個……連學生都看過我小說的地方，我教不下去。」點過飲料，我用有點結巴的語氣首先說明。

「沒關係，這件事還可以再研究。」紓雯說話時，習慣性地不將嘴巴張很開，所以很難有明確的嘴型，而且聲音又小，我把椅子稍微挪近了她。

「你要的是怎樣的工作，我想我已經清楚了，目前只能說遺憾，但是我不想放棄，因爲我對你很有信心，也很有興趣。」

「興趣？」我疑惑了。

「不過那不是今天約你吃飯的理由。」

「理由？」

「約一個人吃飯的理由，是因爲你知道跟他一起用餐會很愉快，不是嗎？」她微笑著。

跟一個人吃飯的理由，是因爲知道跟他一起會很愉快？這句話讓我不解，跟我這樣的人吃飯會有哪裡愉快呢？在思索著這句話的涵義時，紓雯起身去上廁所，她身體移動時，我聞到清淡的香水味，那香水味讓我心頭一震，爲之失神。

「先點餐吧，我很餓喔。」她笑著說。

失神的人不只是我，連點餐的服務生的臉色都很古怪。我看著服務生圓圓的臉，問她：「有什麼問題嗎？」

「請問，您姓徐對吧？」她有點膽怯地問。

我不認識這個矮矮圓臉的女服務生，對她完全沒印象。但我還是點了點頭。她也露出微笑。

「您好，我叫小紅。」

「妳好，我叫阿哲。」我也含糊地回答，心裡納悶著她怎麼知道我姓徐。點過餐後，我看見圓臉小紅，在櫃檯邊打起了手機。

吃飯時，紓雯說起了很多她大學時的往事，我問她到補習班工作之後的感想，紓雯說，那是一個非常無聊的工作，沒有施展長才的空間，也沒有實現夢想的機會。她吃東西非常秀氣，我幾乎忘了牛排飯的滋味，只注意到她嘴唇上那不脫色的唇彩，還有她濃俏的睫毛而已。

後來我們又交換了一些人生觀上的問題，紓雯說她欣賞有遠見的男孩，也喜歡有夢想的人。

「我的夢想不多，而且都很短程。」她說。

紓雯說她的夢想都不難實現，但是也很難再增長，補教業需要的只是口碑與宣傳。

「抱歉，不小心又談到工作了。」她微笑。

「沒關係。」

我告訴她，我沒有明確的生涯規畫，但是我希望讓生活過得豐富。

「我還不知道自己能做些什麼，不過我有兩年時間可以想，實現夢想，則在退伍之後。」用餐巾抹乾淨了嘴唇，她喝了一口水，用明澈的眼看著我，對我說：「我想，很多女人都一樣，不管她有多麼想要翱翔在人生的路途上，但是最大的夢想，都還是愛情。女人跟男人一樣，會想實現自己的夢想、探究自己的能力，不過其實深藏在女人心裡面的，那最重要的一個部分，我認爲還是愛情。」

我問她爲什麼，紓雯告訴我：「在實現夢想的路上，我已經堅強了太久，戴著一張堅強的面具，久了之後，我想我很需要一個誠實自然的肩膀，而可惜的是，離開校園之後，我才發現，身邊要找一個坦率而不做作的人，原來好難。」

這是紓雯說，跟我吃飯會很愉快的原因嗎？我微笑了一下，沒有搭腔，反而是紓雯說了：「這就是我欣賞你的地方，夠坦率，也夠眞誠。」

到底她從哪裡找到我身上有所謂的坦率與眞誠這類的東西，我並不是非常清楚，或許是她誤會了我一些什麼，但是我卻連說都說不上來。今天下午，從踏進店門之後，我就老是感覺有哪裡不大對勁，現在我知道了，那種怪異的感覺，來自紓雯的雙眼，我有一種……被電到的感覺。

不過這感覺也沒有持續很久，因爲我還來不及講些什麼，店門忽然推開，有個女孩走了進來，我看見櫃檯邊的圓臉小紅迎了上去，她說的不是歡迎光臨，而是：「雲凡姊，妳看那個是不是他，那個交不到女朋友的徐雋哲？」

餐巾紙在我手上瞬間被捏緊，所有被電的感覺剎那間消失，我感覺牛排飯好像忽然在我肚子裡面一起唱起了歌。

14

凡與不凡之間，我一臉茫然，只聽見牛排飯唱著風的歌。

是老天爺的惡作劇嗎？我的鼻子還聞得到紓雯的香水味，但是心卻掉進北極冰洋深處去了。郁芬看了看我，又看了看紓雯，沒有任何表情，她從背包拿出一疊筆記給圓臉小紅，然後冷冷地對我說：「玩得開心點喔。」

「我……」我的話沒有說完，郁芬已經轉身出了店門，圓臉小紅也追了出去。

「你朋友？」紓雯納悶地問我。

「一個我高攀不起的朋友。」我苦笑著。

「希望我不會造成你和她之間的問題。」

能造成什麼問題呢？我轉頭看看，郁芬在路邊跟小紅說話，兩個人不時別過頭來看我，我趕緊把視線移開。

紓雯又點起了一根菸，問我是否介意，我搖搖頭，也拿出了自己的菸，點火時又回過頭去看窗外，郁芬看我點菸時的表情又更難看了。

「如果你喜歡她，就出去解釋一下吧！」

看我只是苦笑。紓雯問起我跟郁芬，我把一切告訴她，她聽完笑著說：「她還小，你應該多包容她。」

「我要去包容什麼呀，我根本就……」我語塞了，要說不認識嗎？不，我跟郁芬見過兩次面，聊過話，還幫她解決過國文危機，我根本就怎樣呢？我自己也不知道。

後來郁芬騎上她的小Dio離開，小紅走進來時，則對我投以鄙夷的眼光。

「這年紀的女孩會很嬌。」紓雯攤手做了個無奈的表情。

我很迷惘，不知道郁芬是怎麼了，不像在生氣，可是臉色卻很難看，說是吃醋嗎？開玩笑，我徐某人何德何能，沒有這麼大本事。而我面前的紓雯，她很嫻靜地吸了一口菸，神色自若地品嚐著冰的桂花茶，我也不懂她在想什麼。

「你看起來很不安。」她說。

「不是不安，應該是很納悶。」我把香菸捻熄，對紓雯說：「我一直想知道，妳對我的看法究竟從哪裡來的，因爲我實在想不出來，我有哪裡坦率？或者我哪裡不做作？還有，這些感覺，是妳找我吃飯的原因嗎？」

我覺得自己的表情應該是很認眞嚴肅的，沒想到紓雯卻笑了出來，她側了一下頭，讓頭髮斜到一邊，笑著說：「我有很多可以一起吃飯的朋友，但是沒有既可以一起吃飯，而又讓我欣賞的。」

我看著她侃侃而談，聽著她說：「一個男孩要讓我欣賞很難，因爲男孩的眼光，通常比不上男人。」

我想我知道男孩與男人的差別，至少當過兵的比較像男人，視野也寬一點。

「可是通常，男人的心思，又沒有男孩的單純。」

我想我也可以解釋其中的差別，因爲男孩通常比男人閒，可以去瞎猜對方的想法。「我的生命中、我的身邊，有很多男人，包括朋友、同事，他們太不單純。」我來翻譯：這非常簡單，因爲妳很動人，如果我是妳的朋友或同事，可能我也單純不到哪裡去。不過這話可不能講。

「但是低下頭看看，我身邊有更多的小男孩，他們則過分單純到了幼稚。這就是所有問題的答案，我喜歡你的自然，喜歡你對自己態度，也喜歡你在小說中，對自己與生活那樣誠實的描寫，就像那天在補習班，你對你自己能力的評價，不逞強，卻也不示弱，只是簡單地說明自己，那樣的不誇大或藏拙，這樣的人，我已經很久沒有見過了，所以我欣賞你，我想找你吃飯。」說著，又用明澈的大眼睛看我。

「其實我不覺得我自己單純或什麼的……」我有點扭捏。

紓雯搖頭，只是微笑。「給自己一點信心，不然你怎麼活得多采多姿？」

最後我們結束這場奇怪的晚餐，走到店門口，發動機車時，紓雯在我耳邊輕聲地說：「隨時提醒自己，要當個特別的人，好嗎？」她說：「相信我，也相信你自己，我喜歡你的坦然。」

一陣輕柔柔的空氣，帶著讓我迷惑的香味，鑽進了我的耳朵，也刺激了我的嗅覺，差點害我從車子上掉下去。

我開始在想，今天這頓飯，紓雯說的這些話，到底應該算是暗示還是明示呢？今天是我們第二次見面，一個人能在這麼短暫的時間裡，了解另一個人多少呢？又或者，只是我自己處在漩渦中，所以看不清楚癥結嗎？基於旁觀者清的道理，我應該把這些問題交給圈圈外的人，讓別人爲我分析一下。

而我知道，誰都可以找，就是絕對不要找貓咪，因爲他什麼主意也不會出，說來說去，一定也只是叫我大小通吃而已。所以我打電話給學弟小杰，結果小杰在電影院，他說打算連看四場電影，明天早上再回家。掛上電話之後，我打給好久沒有聯絡的學妹小蘭，但是電話跳到答錄機，小蘭留言說她現在人在紐西蘭，有事情半個月後再聯絡。

除了仰天長嘆，我想不出什麼聊以自遣的方式，最後我決定撥個電話給貓姊，她雖然跟紓雯是老同學，但是至少還算客觀。

電話接通之後，我說了目前的渾沌，貓姊沒有給我答案，她先問我怎麼會找她問這些。

「因爲我知道妳可愛的弟弟，那隻糟糕的笨貓，他不會給我任何有建設性的建議，只會叫我拿獸性去思考而已……」

「你好樣的徐雋哲，居然敢對著我姊說我壞話，告訴我，你在哪裡，老子現在馬上過去宰了你！」原來，他們姊弟居然在一起。

藝術街上的情侶愈來愈多，街燈慢慢亮了起來，剩下我一個人無辜地坐在機車上，有隻可憐的小野狗，慢慢地走到我小凌風的前輪邊，很目中無人地開始尿尿。

早說了，我是現實生活中的好男人，幸運之神從來沒好好關照過我。

我知道愛情沒道理，但是也不該迷濛得連條線索都沒有，你們說是吧？

後來讓我回神的，是天空飄下來的雨水。淋著三月小雨，我隨便找了家網咖。今天的一切都瀰漫著詭譎的氣氛，得不到答案的我，忍受著身上的濕冷，在嘆氣聲中，連上了線。

整家店充塞著線上遊戲的音樂聲、槍聲，爲了不想吸二手菸，我自己也點了一根，同時隨意瀏覽著BBS站上的小說。

「你的單身惡夢結束了，那女孩很棒，很適合你嘛。」

嗶的一聲，雲凡忽然冒了出來。

「她不是我的女朋友，不要誤會，這只是非常單純的聚會。」我可以想像，她那略帶三分嘲諷，還有七分不屑的表情。

「找我什麼事？」這個人的個性我很清楚，即使她對我再怎麼不順眼，也不會主動來挑釁，會這樣冒出頭來，肯定是有事情。「難道妳的國文老師不滿意那個答案？」

「你很聰明，知道我找你的事情會跟國文有關。」

我哼了一聲，要求人也該和顏悅色一點，還提到我的單身惡夢，看樣子，不狠狠敲她一筆，不但對不起我自己，也對不起這位國文老師了。

郁芬告訴我，她的國文老師又丟了一個難題給她，這次問題更古怪，既不是文學的問題，也不是歷史的問題，他們老師問的是：在台灣的民俗信仰裡面，最紅的、擁有最多fans的神明是哪一位，並且要舉出證明。這次老師很好心，還給她三次機會猜。

「他給妳什麼好處？」

「他說解得好的話，我連下學期的國文成績都可以不用擔心。」

「嗯，那我呢？妳打算給我什麼好處？」

「姓徐的……」

女性主義獲得極大勝利是吧？爲了紀念我被羞辱的日子，那天眞應該定爲國定假日是吧？我這個人向來不挑嘴，唯一不吃的，就是悶虧而已。

「你先給答案，我覺得夠份量的話，再來跟你研究酬勞。」

「妳自己認爲呢？」

郁芬說，她最先想到的是如來佛祖，問她爲什麼，她的理由很幼稚：「因爲我覺得祂法力最高。」

我很想跟她講：妳怎麼不說是因爲如來佛的頭最禿呢？第二個，郁芬猜是關聖帝君。

「爲什麼？」

「到處都有關帝廟嘛！」

我大笑著，叼著菸，我說如果這樣比的話，那最紅的應該是土地公才對，因爲關帝廟頂多一個鄉鎮有一兩間，土地公廟卻是每一個鄉里有一兩間。

「第三個呢，妳猜什麼？」

「我不敢猜，所以……」

「所以妳拿這種怪問題來找我求救？」

「……」

「說拜託。」我承認，我在驕傲。

「你……」

「不然妳也應該說：麻煩你。」

「我……」

「總之妳得表現一下禮貌。」因爲不知道還有沒有下一次，所以我非常珍惜這個機會。

「麻煩請你告訴我，台灣最紅的神是哪一位，以及理由。」

其實這個問題很簡單，只需要好好想一想，全國最大的宗教活動是什麼，眾多神明裡面，最常搞進香、歸根活動的是誰，答案就很明顯了。

「有沒有去過大甲？」

「去買過芋頭酥而已。」

「總聽過大甲媽祖繞境吧？」

郁芬還很天眞地以爲媽祖只是保護漁民的神明而已。我跟她說我家住埔里，埔里的四周百里都不靠海，可是我家附近就有媽祖廟。大甲媽祖繞境可是全國性的大活動，香客信徒之多，可以數十萬計，理所當然是全國最紅牌的神明，祂所擁有的fans絕對比唱歌演戲的F4還多。

「眞的嗎？」

「有哪一個藝人的支持者可以從五歲到八十五歲通吃的？」

「所以……」

「放心，這是不標準答案，但是我保證妳下學期會有六十分。」

我傳完這個訊息之後，她忽然安靜了下來，我等了又等，逐漸感到冷時，才知道原來我坐在冷氣出風口下面。

也許外頭的雨淋起來都比這裡溫暖吧？我想。打算跟郁芬說聲再見走人的，可是她卻遲遲沒有回應。

「你知不知道我以前很討厭你？」她忽然說。

「我知道，那又怎樣？」

「你為什麼老是不放過我？」

我無言。

「為什麼你會這樣陰魂不散地出現在我的世界裡？」

我依然無言。

「為什麼你會願意替我解決我的國文問題？為什麼，你不像我討厭你那樣討厭我？」

王粲的問題很容易解決，台灣神明誰最紅的答案也在反掌之間，但是郁芬忽然問我的五個問題，卻像五把萬難格擋的刀劍，每一下都狠狠刺進我心裡。

我為什麼不放過她呢？其實她的個人板相當無聊，我可以連看也不看，我也沒有非要跟她作對的意圖，甚至我們之間本來就沒有什麼化解不開的仇恨。

我的陰魂不散是為了什麼？為什麼我可以忍受她對我的憎惡，而我卻還很認眞替她解決這種無聊的國文問題？

雖然現在我的身體跟腦袋，都已經到達了一個程度的冷靜，但是我卻完全無法想到答案。

「妳很想知道答案嗎？」我說：「其實我更想。」

付錢的時候，我回頭看看剛才坐的位置，電腦已經關機了，留下一堆無解的難題，我很想知道，爲什麼她會在我解開答案之後，忽然問起我這些。

走進雨裡，果然淋起來還比冷氣房溫暖，看著來來往往的人群，或而撐傘，或而隨手拿件外套擋雨，他們都成雙成對。

我覺得我其實可以回答得了郁芬的問題，對著我自己那塊荒蕪得有點過分的潛意識，我想我可以給自己答案。

一輛汽車從我面前飛快地經過，濺起了一大片水花，直噴到我臉上來。伸手抹抹臉，我想，我之所以會這樣陰魂不散地出現在她身邊，又很甘願地爲她解決難題的理由，是因爲我希望有一天，再有車子這樣沒水準地開過去，濺起一大片水花時，我可以像對面同樣被濺濕的那對情侶一樣，那男孩可以伸出袖子，幫身旁正洋溢著幸福微笑的女孩擦擦臉。

或許妳永遠不會懂，但是我卻願意永遠這樣做。

16

這幾天，我沒再上線，因爲我始終無法理出一個因果關係，好在下次遇見雲凡時，告訴她我心裡的感覺。但是一個星期後，我卻從不想上線，變成上不了線。因爲逾期過久，我的電話被停了。電腦現在變成了貓咪的高級電動玩具。

「阿哲，阿哲，快點幫我翻一下攻略，這隻怪物的屬性是什麼？」貓咪盯著螢幕大喊。

不過等我翻到攻略時，貓咪的遊戲已經玩完了，他的主角被怪物痛宰了一頓，留下一個很悲壯的英雄之死。這時候，老貓咪咪彷彿感受到了他的悲哀，居然在電腦桌旁放了一個又響又臭的屁。

「噢，我的天哪！」扔下了攻略本，我第一個逃出房間，貓咪跟著也奔出來，只留下咪咪在裡面繼續逛來逛去。

「沒有了網路，你就遇不到那個、那個什麼凡，還是什麼芬的了。」貓咪說。

「她叫作郁芬，筆名叫作雲凡。」

這幾天老下雨，所以我們乾脆長期翹課，我看小說，貓咪則繼續他的發明。這個星期裡，我只去過一次東海，貓咪最遠則只走到公寓外的7-11。

「你要是繳不出電話費，就只好跟郁芬說拜拜了。」

我們兩個隔著落地窗，看著煙雨濛濛的城市。

「誰說的？」一邊用手捂著鼻子，我忍耐著咪咪的臭屁味，一邊從口袋裡掏出手機，從電話簿找出一個號碼，那個電話號碼的主人顯示著：韓郁芬。

「雲凡的電話？」貓咪驚訝地張大嘴巴，結果不小心吸了一口貓屁。

這星期我只去過一次東海，那一天，我翹了課。因爲我又去了一趟「有一間咖啡館」，這次跟我吃飯的人，是另一個她。

這次解題，我成功地扳回一城，逼得郁芬在她的網路個人板上公開歡迎我，並且答應讓我請她吃一頓牛排飯，當作和解。

郁芬一坐下就立即問我上次的事情，我把紓雯的事告訴她，並且再三強調：「她是美女，我也喜歡美女，可是我們不是情侶，只是朋友，眞的。」

她瞇著眼瞄我，一副打死不相信的樣子，比手畫腳的，我幾乎把我跟貓咪、貓姊等一干人的淵源都搬出來了，才解釋得清楚，到底爲什麼這個美女要找我吃飯的理由。

點過飲料之後，我趁機轉移了話題，聊起了她的經典口頭禪，那句「我有病，我會咬人」。郁芬說，她的心臟一直有點問題，是先天性的，小時候開過兩次刀，但是始終沒有治好。

「先天性的心臟病？」

「嗯，不過詳細細節我自己也不清楚，因爲那兩次開刀時，我還在念國小一年級。」郁芬指指自己的後心，說：「兩次都從背後開，聽我媽說，效果不怎麼樣，所以可能會復發。」

「復發時會怎樣？」

「不怎樣，頂多讓你沒機會再幫我解決國文難題而已。」

生命的無常對我來說很模糊，從小到大，唯一經歷過的一次死別，是我的外公過世。可是我跟外公沒什麼交情，甚至我不曾流下一滴淚來。所以我很難想像，一個在眼前活生生的人，他忽然死去時，那會是什麼樣的感覺。我不知道，也從來不想知道。

「所以我跟你說，我有病，我不想被激怒，否則我會咬人。」

她像是在說著一件很簡單的小事一樣，平靜得出奇，她告訴我，因爲心臟有問題，所以不能受到太大刺激、情緒不能過度起伏，否則胸腔就會隱隱作痛，非常難受。

「抱歉，我不知道，所以以前……」我有點愧疚，舉起了杯子。

「沒關係。」她沒有跟著舉杯，只是低著頭，低聲說了一句。

拿著杯子的手，停在半空中，我覺得非常尷尬，正想著該怎麼辦的時候，郁芬忽然笑了出來，「我沒有那麼容易死，我的肚量也沒有那麼小，只是我想告訴你，如果你要敬我的話，拜託多拿點誠意，等飲料送上來再敬吧，用白開水，未免寒酸了一點。」

以前我看過這樣的笑容嗎？沒有。這是她第一次這樣平靜而且溫和地笑，不像上次譏笑我交不到女朋友時的嘲諷。

「因爲生命很無常，所以我很努力讓自己保持一顆平靜也平凡的心。我想像、我寫作，但是我從來不曾奢望會實現。」

郁芬手上拿著筷子，臉上很平靜柔和。我像在瞻仰神像一樣，痴痴看著她。

「如果可以選擇的話，誰都不希望帶著一顆不定時炸彈在身上，但是誰能決定命運呢？沒有人可以，所以我覺得，我應該接受它。」

「妳去做過檢查嗎？」

「檢查？有必要嗎？」郁芬淡然地說。

「命運不能被決定，但是至少可以去掌握它的發展，像妳現在這樣，不能受到太大刺激，大悲大喜妳都受不起了，那更多的狂悲狂喜妳怎麼辦？」

「會有什麼狂悲狂喜？」

我很認眞地說道：「妳身邊朋友的悲歡離合、生老病死、妳自己在這世上所有的經歷、所有的愛恨，難道不値得妳狂悲狂喜？」

「我會用平常心去看待，我說過，我本來就嚮往平凡的生活。」

她的臉色很平穩，沒有太多表情，連聲音都是幽幽的。不曉得爲什麼，我覺得這樣消極的人生觀，讓我很難忍受。

這時小紅把飲料送上來，郁芬喝的是去冰的檸檬蜜茶，我則還是冰桂花茶。舉起杯子，我說：「先讓我敬妳，然後實現妳的承諾，我救了妳下學期的國文成績，妳得當我是朋友。」

郁芬露出一點微笑，也舉起了杯子。喝完一口之後，我說：「我們都是南投人。」

「嗯，我住水里，你住埔里，離得很近，然後呢？」

「我們都知道，南投人很好客、熱情、而且講義氣。」

「所以？」

「所謂的義氣，就是心手相連，一起面對所有的大風大浪。」

「我跟你之間也要講義氣嗎？」她疑惑地皺起眉頭。

「別忘了妳剛剛跟我敬了一杯，我們是朋友。」我用很奸險的語氣說著。

「你這是陰我？」她張大了嘴。

「所以我的大風大雨，就是妳的大風大雨。」

「你這是……」

「別忘了義氣兩個字。」

「我……」

「妳可以保持妳的平常心，但是別忘了感受這世間的一切美好，別把自己封閉在自己的世界裡面。」

「不由分說地把我……把我拖進你的世界裡面去，這是你的徐式幽默嗎？」

「不，這是因爲我眞的，眞的，眞的……」

「眞的什麼？」

「這是因爲我眞的很想更認識妳，跟妳做好朋友。」沒有等她接口，我說：「我姓徐，我叫徐雋哲，東海中文四年級，我喜歡娃娃臉的美女，目前單身，請多指教。」

這一次我的手雖然又懸在半空中，但是我沒有感覺到尷尬，伸出友善的手，然後感覺我的溫柔，韓郁芬，我努力吹拂著的雲。

今天女性主義沒有獲勝，我贏了，愛情萬歲。

17

「所以她給了你電話？」

「嗯。」我驕傲地看著遠方。

我到今天才知道，貓屁有多麼可怕。我們抽了半包菸，卻仍然無法掩蓋過那奇怪又噁心的味道。而且站在客廳就聞得到了，更遑論是案發現場的我房間。

「我看今晚我得睡客廳了。」我懊惱地說。

「好呀，你呼吸的時候多用點力，快點把味道吸光吧！」

氣得我打了他一拳。

貓咪從冰箱裡拿出兩瓶烏龍茶，問我：「你確定你眞的喜歡那個郁芬？」

因爲他覺得，我可能只是因爲起初的交惡與賭氣，所以才對郁芬發生興趣，這與眞正的愛情，有極大的差別。

「或者你只是看上了她鼻子上那顆青春痘？」

我說當然不是，我是很單純地對她有好感，而或許還有著一些些的喜歡。

「既然這樣，那我覺得你還是選另一個好。」

「另一個？」

「紓雯哪！你把她忘了喔？」

拉著拉環的手，忽然無力了一下。我跟貓咪說，其實我不是很懂紓雯的意思，因爲她說得太含糊，欣賞我，是因爲我的坦率？

「我一點都不覺得自己哪裡坦率，其實我有一堆話說不出口。」

「那就告訴她呀，說其實你很悶騷，而且正在打算腳踏兩條船。」

因爲這樣的污衊，於是貓咪又捱了我一拳。

要把紓雯跟郁芬放在一起比較，這幾乎是不可能的，兩個人類型天差地遠，完全南轅北轍，怎麼能夠比較得來呢？貓咪說郁芬是學生情人，適合我無知的死大學生部分，紓雯是成熟的都會女子，適合帶領我走過這段茫然的大四生活。

十七樓外，斜風細雨，聽著貓咪的鬼扯，我在加深腦袋混亂的程度。

後來打破這種平靜的，是咪咪的第二個超級響屁。牠從我房間蹽了出來，晃到自己的便盆，嗅了一下之後，又放了一個響屁，臭到我們都受不了，只好乾脆冒雨出門去避難。

台中一中附近的熱鬧，絲毫沒有被夜間的細雨所影響，補習班下課的學生照樣擠滿了巷子，我們捱在人群裡，漫無目的地走著。如果問貓咪電子街哪一家的零件最便宜，他可以清楚地指出來，可是問他這種夜市哪裡的東西最好吃，他就只會指著7-11的御飯團而已。

雞。

「你想吃什麼？」我問貓咪。

「沒有貓屁味的東西都好。隨便吃點什麼吧，都已經淋著雨來這裡了。」

「隨便」是非常要不得的字眼。為了這兩個字，我們花了七十元，買了非常難吃的鹹酥雞。沿著小街邊走邊吃，走到三民路的好樂迪樓下，蹲在路邊吃完了「隨便」的後果。擦著嘴巴，我把那包雞骨頭丟進暗巷裡。

「我要喝東西。」貓咪像個任性的小孩，盯著兩個從KTV走出來的辣妹，喃喃叨唸著。

我正想問他要喝什麼時，我的手機卻先響起。

「嗨，我是紓雯。」

眞的很離奇，晚上才跟貓咪聊起她，出來吃點東西，就接到本人的電話了。起先我納悶著，她怎麼有我的電話，但我隨即想到，我在應徵時曾留下資料，難怪她有我的手機號碼，還有我們公寓的電話。

「阿哲，你在聽嗎？」

「我在。」

「那天的事情，後來還好吧？那個女孩呀。」

我說其實還好，事情沒有想像中的糟糕，然後我又澄清了一次，「她不是我的女朋友，我們只是認識罷了。」

電話那頭的紓雯笑著，我聽見嘈雜的音樂聲。

「我正在車上，有些資料想拿給你，方便嗎？」

我沉吟了一下，說可以，就在三民路的好樂迪門口等她。紓雯答應之後，居然說，叫我們進去夜市找一下，有一家店叫作「藍色泡泡」，要我們先幫她買杯飲料。

「那裡東西好喝嗎？」我想起貓咪剛才喊口渴。

「不錯，而且男店員都很帥。」

男店員很帥，這句話對我們來說，非但沒有正面的助益，反而是我們心裡的痛。所以二十分鐘後，紓雯開車過來時，她拿到的只有7-11的烏龍茶。

去買烏龍茶的時候，我忽然笑了出來，跟貓咪說，我覺得非常悲哀，紓雯與郁芬對我來說都是高攀不起的人，可是她們卻又以為對方是我的女朋友，而我努力解釋，竟然只落得愈描愈黑而已。

「那就不要描，眞的把兩個都吃下來吧！」他很不負責任地說，所以我決定，烏龍茶讓他付錢。

「抱歉，我們找不到那家店。」我對紓雯胡亂掰個理由。

「沒關係，謝謝你的烏龍茶。」她微笑著，給我一份資料，說這是他們補習班新開的分班，就在台中市，目前急需人手，希望我考慮。

「至少這次你可以不用直接把『徐雋哲』三個字寫在黑板上，換個假名吧！」

我點頭微笑，卻看見了紓雯車上還有另一個人。這才注意到，紓雯不是自己開車，她坐的是副駕駛的位置，那是一輛黑色賓士。

「妳的朋友？」我問。

「嗯。」她的笑容有點尷尬。

我看了一下車內的人，可是裡頭很暗，隔著貼了隔熱紙的車窗，根本看不清楚。

「妳男朋友？」貓咪忽然問了。

「不，他是新分班的主任。」紓雯說明著。

我看見貓咪有點敵意的眼神，直往車裡看。轉個頭，我狐疑地看過去，卻發現車上的人也放下了車窗，用很不屑的眼光看過來，不過他的目光沒有對向貓咪，卻在我臉上逗留。

那男人大約三十歲，有俊挺的容貌，頭髮梳得很整齊，而且戴著一副在黑暗中都還能反光的金屬框眼鏡。雖然看不清楚衣著，但肯定會比我現在這一身邋遢稱頭。我沒有多看他，因爲他的眼神充滿了不屑與敵意，我對這種眼神非常沒有興趣。

「阿哲。」紓雯輕喚了我一聲，讓我回過神來。

「這個工作你考慮一下吧，如果有興趣，記得打電話給我。」紓雯說著。

「妳就爲了這個過來找我？」

「見一個人需要理由嗎？不，不需要，這份工作，不過是一個附加的東西而已，我是剛好到這附近，所以想過來看你。」紓雯的聲音忽然變小，若非我們距離得近，連我也聽不清楚了。

這時車上的男人鳴了兩下喇叭，我們都聽得出來有催促之意。紓雯對我說，希望這兩天找時間再談，她看我們一身濕，還要我們早點回去。

在她上車時，我又看見了那個男人輕蔑的眼光，很快地掃過我的臉。不過這次我還是沒有去注意他，因爲我眼睛盯著紓雯穿著的一身火紅色洋裝，還有她修長的雙腿。

「那男人看你的樣子好像很不爽。」貓咪看著逐漸消失的車尾燈，對我說。

「嗯，我應該沒有欠他錢或倒他會吧？」我搔搔頭，喝口烏龍茶。
「可是你可能會把他的馬子。」
「啥？」
站在微微細雨中的我們，像極了一對雙胞胎兄弟，我們身高相當，頭髮長度相當，一身的濕也相當，唯一不同的，是我臉上露出詫異的神色，而貓咪則老氣橫秋地像個戰爭評論家，他所評論的，是我徐某人在無意間日漸複雜，卻持續迷惘的愛情戰爭。

山雨欲來之前，通常有個前奏，那是風的迷惘，我的迷惘。

18

紓雯介紹的工作，是他們連鎖補習班裡，其中一家新成立的分班，大部分的職員都是新聘的，唯一有管理經驗的，是我們的班主任兼教務兼總管兼一切的一切高級職位，他，就是那天開著賓士車，載著紓雯，對我非常鄙夷不屑的西裝男。
「我覺得這是一個陷阱。」貓咪說著。
去面試的那一天，西裝男非常和顏悅色地跟我打招呼，並且說：「紓雯對你非常推崇，我也希望你可以擔任適當的角色，聽說你對未來相當有抱負，這是再好不過的了。」他拍拍我肩膀，帶我逛了一圈之後，告訴我：「因為你對補教業很陌生，所以必須從頭來，我會安排，讓你充分了解補習班要做的工作有哪些。」

是的，西裝男眞的很關照我，並且爲我費心安排一連串的「教育計畫」。我從擦黑板的技巧，一直學到綁垃圾袋的訣竅，盡是一些打雜的工作。

「小鱷好像很喜歡使喚你似的。」有個女同事這樣對我說。「小鱷」是西裝男的另一個稱號，因爲他喜歡把眼鏡拔下來，裝出自以爲很帥的臉，但是他從來不曉得，他擠眉弄眼的樣子，眞的像極了鱷魚，所以乾脆叫他「小鱷」。不過後來我知道，其實他不叫作「西裝男」，也不叫作「小鱷」，有一次我在洗廁所時，紓雯送了一疊講義原稿過來，我聽見她稱呼他「阿澤」。

阿澤？音跟我的名字很相近，大家都叫我阿哲。不過他那個「阿澤」聽起來就像在逢甲夜市賣盜版色情光碟的名字。當我這樣對一起用餐的女同事說的時候，那女孩大聲笑了出來，她笑的第一個原因，是因爲我說得很好笑，第二個原因，則是因爲這位阿澤先生，就剛好走到我後面。

當天下午，阿澤先生叫我不必再洗廁所了，他教我印講義，讓我站在製版印刷機前面，吹著機器散出來的熱氣，一個人印了一下午。

有時候我會覺得，不曉得自己招誰惹誰了。紓雯常常會過來，美其名是關照新分班的運作，但是她每次來，我都會收到珍珠奶茶或百香綠，三不五時還會有泡芙麵包或小西點。同事們的訝異也就算了，我每次喝著珍奶時，都感覺到遠遠處，阿澤先生用他銳利到翻過去的眼光，不斷刺向我的心口。

於是紓雯每來一次，我就會多學到一些奇怪的工作。印完講義之後，阿澤先生教我怎樣接電話、坐櫃檯，我得背下所有課程班次時間，要記得收費標準，除此之外，還得幫忙打電話做電訪，並且接受學生補課的登記預約……

通常我到用餐時間時，都已經喘得舉步維艱了，阿澤先生會跟我說：「徐老師，麻煩你幫我打個電話到本班去。」我打了之後交給他，就聽見他說：「紓雯哪，晚上有空嗎？一起吃個飯吧！」

「我覺得妳還是少過來分班好了。」我說。

「爲什麼？」紓雯不解。

我們蹲在路邊的包子店前面，一起吃著熱包子。本來紓雯無論如何都不肯蹲下來，她說非常有礙觀瞻，而且破壞形象。我笑著告訴她，我已經累得走不動了，而且我還很想坐下來，如果她堅持不肯，那請她在路邊罰站，我的腿可不想奉陪。

「這個時候我就會覺得，我個人眞是非常坦率不做作。」一屁股坐在地上，我笑著說。

紓雯找我出來，給了我一份中部幾個有名的明星國中的相關資料，有他們的資優班特色，甚至地緣關係，讓我回去做做功課，工作上應該會有幫助。

「怎麼樣，工作做得不順利嗎？還是我去了，會給你什麼壓力？」

我搖頭說道：「其實妳每來一次，我就多學一點，這星期妳來過七次，我學會了印講義、坐櫃檯、當班導、開收據、做電訪、發傳單、還有洗地板。」一邊說著，我一邊扳著手指頭。

「妳要是多來幾次，可能班主任就換我做了。」我嘆了口氣。

「阿澤給了你這麼多工作？爲什麼會這樣？」她說，補習班對新進人員有一定的教育訓練，這些其實夠我學一個月的。

「大概是小鱷看我太聰明伶俐了，才對我特別關照吧。」

「小鱷？」

我沒有跟紓雯說，我會被操得這麼慘，是因爲她的珍珠奶茶和泡芙麵包，也沒跟她說，她每拒絕一次小鱷的邀約，我就得多帶一個班，她拒絕了七次晚餐，我已經身兼七個班的班導師了，無奈的笑容底下，我只解釋了「小鱷」的由來。

「聽起來，似乎是我害了你。」她笑完之後，帶著歉疚的語氣說著。

「算了吧，換個角度想，這是很値得驕傲的。」我吸了一口路邊的髒空氣，挺起胸膛說：「誰有這本事，一個禮拜裡面學會補習班大大小小所有工作內容呢？」

「抱歉，讓你這麼累。」紓雯低聲說著，她的手，輕輕握上了我擺在自己膝蓋上的手。

她的手很溫暖，而且柔軟，可是我卻無力反握，因爲我想起了郁芬的身影。紓雯把頭髮燙直了，細長的髮絲垂到肩膀下，映著她面容的白皙，還有唇上的亮彩。貓咪說的沒有錯，她眞的是個美人，不過是我配不起的美人。她愈成熟美麗，我就愈會想起郁芬的天眞可愛，馬路上雙向的車子交穿而過，我心中的兩個人也不斷交織錯亂著。

「女的是連鎖補習班的教務，男的是個洗補習班廁所的菜鳥，你會不會覺得很好笑？」貓咪昨晚才這樣說過而已。

叼著半顆包子，我看著紓雯，她圓亮的雙眼，充滿了溫柔，但是卻讓我難懂，難懂的原因，是我不想懂。很多事情，如果不是當事人完整說出來，我們其實不應該去揣測，以免破壞了那微妙的平衡，尤其現在，當我對她與郁芬都帶著茫然的時候，我不願去製造大家的麻煩。

「如果你覺得很不合理，我可以幫你物色新工作。」

「沒關係，其實眞的沒關係，這是一種磨練，不是嗎？」

「可是，磨練要磨得有意義，你認爲補習班是你的夢想嗎？」

我無言以對。

「我會很想幫你，可是我不知道你想要的夢想在哪裡，所以我只能把這裡介紹給你。但是如果你因爲這工作是我介紹的，而不得不硬著頭皮去忍受，其實沒關係，我可以另外幫你找找看。」她看著我的眼睛說：「我不希望你爲了我而勉強，我希望你跟我在一起時是快樂的。」

「如果這是眞心話的話，那你出運了，兄弟，她肯定愛上你了。」

下班之後，我跟貓咪約在火車站前面的「樣板茶」，喝著百香綠，一起聊天。

「如果這是眞心話的話，我覺得我完蛋了。」

「爲什麼？」

我告訴貓咪，當紓雯用很深情的眼光對我說那些話時，還有另一對非常酸澀的眼光也正從遠方望著我，那個人手上提了便當，慢慢走到我跟紓雯身邊來，對我們說：「嗨，紓雯，我正想約妳一起吃飯呢，沒想到你們在這裡呀！」

抬頭，阿澤先生已經轉變成溫柔又友善的雙眸。

那天晚上，我被叫去洗水塔，一直洗到補習班打烊爲止。我有一個衝動，想在水塔裡面下毒。

妒恨往往比甜蜜更容易被感受到，即使同樣都沒說明。

「哈哈哈哈哈哈哈哈哈哈哈哈哈……」

自我知道人類有兩性之分以來，從不曾驚覺，原來女性也可以笑成這樣，而且還笑到岔氣的。下班回來後，洗淨了一身粉筆灰，我發現手機有兩個未接來電，顯示著一個電話號碼，是郁芬打來的。

「妳眞的覺得那麼好笑嗎？」

「對呀，你以爲你在演狗血連續劇嗎？成熟點吧，這可是現實生活耶。」

我說我也不想被捲入複雜的世界裡面，薪水袋長啥樣子都還沒見過，就被操得死去活來，手上捧著紓雯給我的這一疊明星國中的資料，我眉頭更皺了。

「妳到底找我幹嘛？」我沒好氣地問。

「一星期沒有看見你上線，以爲你發生了什麼事情，特別打電話來關心你呀。」

我跟郁芬說，我的網路因爲沒錢被停話了，而且我忙得沒時間上網咖。

「嗯，那你多保重，賺到錢之後，快去繳電話費吧！」

坐在客廳沙發上，我拿著手機，心裡很茫然。貓咪從房裡走出來，要我幫忙組一堆奇怪的塑膠軟管，他說這次要研究發明的，是一台可以自己加糖加奶精，還能自動調節份量，又自動沖泡的咖啡機。

「有這種東西嗎？」

「有，兩天之後就會出現。」把我手上那疊資料丟開，他要我幫忙固定管子，好讓他纏上鐵線。

「我覺得很失落。」趁著這時候，我開始說起我的感覺。

接到了郁芬的電話，她用一般朋友的語氣，很愉快地跟我寒喧說笑，卻讓我感到失落。

「你不是正想跟她和平共處嗎？這樣有什麼不好？」

我說我不知道，也許保持敵對，還更能吸引她的注意。

「那就繼續去惹毛她吧！」

「什麼？」

「反正你的目的只是在吸引她的目光嘛，那就繼續惹毛她吧！」

「妳喜歡喝咖啡嗎？」我問郁芬。

「還好，我不喜歡即溶咖啡，也不喝罐裝咖啡。」郁芬說，她喜歡那種研磨機煮出來的咖啡。

「嗯，這幾天有空嗎？」我說，我有個禮物想送給她，不過暫時保密，希望到時候給她一個驚喜。

「你不會送什麼炸彈或病毒之類的東西來吧？」

「放心，我不是海珊，妳也不是布希，我們沒有那麼大的仇恨！」

剛剛我忽然靈機一動，所以我對著正在裝馬達的貓咪說，這架咖啡機組好之後，可不可以送給我。

「可以呀，如果它最後沒爆炸的話。」頓了一下，他說：「不過你又不喝咖啡，該不會是想借花獻佛吧？」

我嘿嘿一笑，打了個電話給郁芬，確定了之後，又興高采烈地過來幫貓咪，準備兩天之後送給她。

今天晚上我把所有跟紓雯有關的事情都告訴了郁芬，不想對她有所隱瞞，我希望她給我點看法，可是她卻給我一陣狂笑而已。到底應該怎麼辦呢？我覺得這已經不單單只是工作上的問題了，在補習班工作的背後，還有更大的漩渦在裡面，那個漩渦，叫作「感情」。

我的薪水是兩萬元，阿澤先生說，新人的前兩個月都只有這樣，以後會慢慢調薪，不過我完全不敢想像這個以後會有多以後。休假日是每週二，因爲補習班的週末會有整天的課程，所以不能放假。每天中午一點半上班，晚上十點多才回來。我跟阿澤先生說過我要上課，他才答應讓我在有課時把學生託給別人帶。貓咪很懷疑這是不是人做的工作。

花了兩個晚上，我們又買回一堆零件，貓咪對這些東西非常專業，什麼止流墊片、什麼三岔管之類的都很清楚，歷盡千辛萬苦，好不容易終於把咖啡機組了起來。這玩意兒大約跟十七吋的電腦螢幕一樣大小，感覺非常笨重。

「實驗一下功能吧！」我說。

貓咪把一堆咖啡粉、糖、還有奶精都裝進小瓶子裡面，又把一桶開水架好，我接上了電源，提心吊膽地過了十五分鐘，已經看見開水沸騰了，我這才放下一半的心來。

「關鍵時刻到了，我們來看看泡出來的會是咖啡還是墨水。」貓咪說著，按下了一個按鍵。

我看著咖啡機有點小震動，然後從出口流出一注瀰漫著咖啡香的液體時，感動得差點連眼淚都流出來，幾乎要抱著貓咪哭泣了。

貓咪說這是非常成功的發明，還介紹了另外幾個按鍵的功能。我們坐在客廳地板上，一起品嚐著成功的果實，聽著張震嶽嘶吼的歌聲，老貓咪咪也跟著舔了一滴滴在地上的咖啡。

這樣做有價値嗎？可以讓郁芬多看我一眼嗎？品嚐著咖啡，我瞥眼看見了前幾天晚上，被貓咪丟在沙發上面，紓雯給我的那疊資料時，心裡又覺得有種罪惡感，好像，我一次只能注意一件事情，顧著這邊，就忘了那邊。

紓雯會等著我看完資料去找她討論嗎？如果是，她已經等了兩三天了，而我，卻連第一頁都沒有翻開過。

我端著咖啡杯，走過去摸摸那疊資料，心裡有點茫然。貓咪坐在地上，突然問我：「這架咖啡機，為什麼你會想送郁芬，而不是送給紓雯？紓雯為你付出的，應該比郁芬多過很多才對，為什麼你想送的人不是她，而是另一個她？」

為什麼？這疊資料沒有給我答案，老貓咪咪也沒有給我答案，我看看貓咪，看看咖啡機，最後我只能看向窗外，十七樓的台中夜景，沒有任何線索可尋，我只能聽風在唱歌。

東西組裝好了，但要怎樣送給郁芬卻還是個問題。按照貓咪的建議，我又打通電話給郁芬，跟她問清楚了地址。郁芬一直問我到底想幹嘛，我很努力地解釋著我絕對沒有惡意，也不會送炸彈給她，這是很棒的禮物，只是因為東西太大，我不方便用機車運送而已。

「你最好不要耍花樣喔。」

「眞的啦，我是那麼不能信任的人嗎？」

站在陽台，望著台中市的灰色天空，我很誠懇地說著。郁芬沉吟許久，終於給了我地址，我們約好星期二下午，把東西送過去給她。

當天貓咪叫了一輛計程車，我把咖啡機裝在紙箱裡面，然後自己擠上了車，回頭看見貓咪一副送女兒出嫁的表情，穿著四角內褲，站在大馬路邊搖手再見，而我座位邊的這紙箱，就是我的嫁妝。

郁芬住在台中工業區附近，我花了五百多塊的計程車錢，才找到她的套房公寓樓下。

「這是什麼？」她穿著粉紅色上衣，還有水藍色的短褲，踩著很幼稚的夾腳拖鞋，緊張又納悶地問我。

「神祕小禮物。」我笑著說。

「我告訴你，第一，我房間從來沒有男生進去過，即使我跟你已經化敵爲友，也實在不應該答應你，讓你這樣跑來。」站在電梯門口，她很認眞地說著。「第二，這到底是什麼東西？『神祕小禮物』？我一點都看不出來它小在哪裡，我房間只有一丁點兒大，你要我擺到哪裡去呀？」

「小姐，如果妳要一直站在那邊抱怨的話，還不如快點過來幫我抬吧！好重哪！」我已經快撐不住了。

想給妳一點什麼，需要理由嗎？不需要，眞的。

我知道她的戒心，那是單身女孩住在外面時所該有的。進電梯時，郁芬直盯著我瞧，鋒銳的眼光，在我臉上掃著。

她住的是兩房一廳的套房，東西只能放客廳，不可以搬進她房裡去。

「還有，我室友也在，希望你不要亂說話，以免嚇到人家。」

我這才知道原來她還有室友，看我點點頭之後，郁芬按下了八樓的電梯按鈕。

她的室友有一頭長髮，我看不到臉，因爲她正敷著一塊墨綠色的面膜，穿件布袍一樣的睡衣，還印著好大一隻泰迪熊的圖案。

「你好，我姓楊，我叫楊妮。」她張開一點點的嘴巴，對我自我介紹。

「妳好，我叫阿哲。」我在客廳地上放下了箱子，用力搬出咖啡機來，當場把她們都嚇了一跳。

經過說明之後，我請郁芬去拿三個杯子來，她的臉色很古怪，而且不敢置信，因爲我跟她說：「這是我跟貓咪發明組合的。」

趁著郁芬在洗杯子，她室友楊妮在洗臉的同時，我觀察了一下四周，這個客廳很小，陳設也簡單，只有一張桌子、一台電視、兩張單人沙發、還有一個小鞋櫃而已。我把咖啡機搬上了鞋櫃，然後接上電源。

「姓徐的，希望你不要讓我對放你進來這件事情後悔。」她拿著杯子，戒慎恐懼地說。

「不會的，請妳相信我。」用我最和善的笑臉，我笑著說：「我知道妳會有所擔心，畢竟我這個人有點怪，妳讓我這樣跑來，是很不安全的事情。但是請放心，我只是想送妳這部咖啡機而已，沒有其他惡意。」

「這個眞的不是炸彈吧？」

我說當然不是，否則我也不敢站在這裡了。

在煮開水時，郁芬告訴我，這是她室友楊妮家的房子，她已經在這裡租了兩年多。她拿著一顆抱枕，擋在她與咖啡機之間，一副深怕發生爆炸的樣子。

「放心吧，我已經測試過很多次，不會爆炸的。」

雖然我極力地想要讓她安心，但是好像一點效果也沒有，楊妮走出來時，也是戰戰兢兢的，而且她更誇張，抱著一隻超大的泰迪熊，看來有在發生意外時，讓泰迪熊替死的打算。

「放心，眞的不會爆炸啦。」我露出尷尬的笑臉，因爲咖啡機正發出隆隆的震動聲，我擔心著是否在運送過程中可能有震傷。

「你剛才說你叫阿哲對不對？」楊妮又問我。

「是呀，怎麼了？」我盯著咖啡機的震動狀況，隨口回答。

楊妮笑著說沒事，然後我聽見她小小聲地問郁芬：「就是妳那個交不到女朋友的朋友嘛，是不是他呀？」

我一句話也沒有說，心裡只覺得可惜，郁芬拿杯子來的時候，我沒問她哪一個是給誰用的，不然我眞想在楊妮的杯子裡偷偷吐口水。

「好了，二位請慢用。」

我問過她們喝咖啡的習慣，郁芬喜歡喝少糖少奶精的濃咖啡，楊妮則愛喝又甜又膩的口味。我很驕傲地介紹著咖啡機上的按鍵，以及按鍵的功能，然後依據個人習慣，泡好了咖啡。

咖啡香味瀰漫的小客廳裡面，我們一起站在沙發旁，下午四點半的陽光，溫柔得可以讓人陶醉。楊妮很識相地說，這時間應該讓男女獨處，她端著咖啡，走過我身邊時，還對我說：

「多獻點殷勤，加油喔。」

我看見郁芬瞪了她一眼，楊妮笑著進房間去了。

郁芬捧著馬克杯，看著咖啡機，問我爲什麼要送這份禮物給她。

「這是個很難回答的問題，妳送東西給人時，都一定要有理由嗎？」

她瞄了我一眼，微笑著搖頭。

「我只是覺得，好像哪裡怪怪的。」她說。

走到落地窗前，我看著遠遠的工業區，躊躇著該怎樣說才好，我很想明白地對郁芬說聲我喜歡她，然後很輕鬆地喝完咖啡，在趁著下雨前離開這裡，因爲我看見了遠方的天空有一大塊烏雲正在聚攏，今天我沒騎車，待會還得找公車站牌才行。

「你好像有話要說的樣子。」郁芬說。

「嗯？」

「那就說吧，你都已經有膽子找到這裡來了，難道臨門一腳會踢不出去？」

回過頭，我看見她還沒喝那杯咖啡，眼神深邃得像山湖一般。

「我不知道我要說什麼，眞的。」我說。

郁芬走到電視旁，輕輕按了幾個鍵，讓客廳裡除了咖啡香之外，還多了張雨生的歌聲，我才知道原來電視機旁還有一架小音響。

「我該怎麼說呢?從頭開始說嗎?」

「告訴我結論就可以,如果我能接受結論的話,我們再來討論前面的過程。」

放下了咖啡杯,我說:「我覺得我對妳很有好感,很想吸引妳的目光。」

「如果只是這樣的話,那你做到了,你是我開個人板以來第一個『板壞』。」

「那是一次意外。」我說:「我現在指的是現實。」

「現實怎樣?」郁芬納悶著,略略皺眉。

有些話如果可以輕易說出口,這世界很多事情,就會好辦許多,可是面對著未知的處境,人卻又往往會有所保留,所以最後我只說:「其實我也不知道我該說什麼,或許沒有答案就是我的答案。」我微笑著,又端起咖啡杯,「想不到理由或藉口的時候,我們就喝喝咖啡、聽聽風在唱歌吧!」

說著,我打開了落地窗,結果一開窗,就聽見了一聲尖叫。不過那聲尖叫不是從窗外傳進來的,而是從楊妮房間裡面發出的。這聲尖叫非常淒厲而詭異,像是被人捂著嘴巴,一刀刺進心口那樣的驚悚,我和郁芬趕緊放下杯子,衝向楊妮的房間。

楊妮的房門在我一腳踹開之前先打開了,她鼓著嘴巴一路跑進了廁所,朝馬桶吐了一口之後,趕緊又用自來水漱口。

「怎麼回事呀?」郁芬走進浴室,拍拍她的背,很關心地問她;我則站在門口,心裡面有點不妙的感覺。

楊妮漱完了口,苦著臉走出來,問郁芬說:「咖啡妳喝了沒?」

郁芬疑惑地搖搖頭，然後盯著我，我做了個無辜的表情。

「那裡面有機油的味道啦！」她的聲音幾乎快哭出來了。我的心懸得老高，奔過去桌子旁邊，把一杯咖啡端到浴室裡，慢慢倒進洗手盆。說也奇怪，剛才我們明明都還聞到濃郁香味的，這時味道忽然就變了，倒了三分之一後，果然有奇怪的濃稠狀液體沉澱在下面，我用手指沾了一點點，仔細聞了一下。

如果可以怪罪別人的話，我會說是計程車司機不好，他技術太差，一路顛簸之下，可能讓咖啡機裡面某種潤滑劑的管線破裂，又或者，我會怪罪貓咪，是他貪小便宜，買了不堅固的材料來組裝。可是我猜郁芬跟楊妮不會這樣想，當我倒完噁心的咖啡時，轉頭就看見她們充滿了敵意與憤怒的眼神，正死死盯著我看。

窗外這時打了聲悶雷，春雨要開始下了，我卻感覺自己正進入了生命的最寒冬。

21

意外的發生有千百種可能，這是犯罪者最常說的話。

「請你給我一個完美的理由，解釋你所做的這一切，背後到底有何企圖。」郁芬的聲音很平靜，她低沉地說著：「我不覺得我們之間的過節，嚴重到了你要來下毒的程度吧？」

悶雷在遠方不斷地響，天上的雲很飽滿，看來將有大雨。

楊妮漱完口之後，怨憤地回房去了，關門時還「砰」地好大一響。郁芬看著我洗淨了杯子，又看著我垂頭喪氣走回客廳。她跟在我後面，盯著我將杯子放好，把咖啡機上的瓶瓶罐罐拆下來，才問我有沒有理由可以解釋這一切。

「如果我說這純粹是意外，妳覺得妳能接受嗎？」

我有點詫異，因爲這不像她的風格，她有病，應該會咬人才對，但是今天沒有，她只是冷冷看著我。這讓我更害怕，感覺可能會有更危險的事情。我又看了一眼窗外，懷疑她的怨恨將與大雨一同爆發。

「沒想到你不但衝著我來，居然連我朋友也不放過。」她的聲音漸低，然後又抬頭看著我說：「如果我把你推下陽台，也對警察說這是意外，你猜他們會接受嗎？」

她的眼光非常深沉，深沉到了我看不見的地步，只見她的肩膀不斷顫抖，想來她已經幾近於爆發邊緣了。

「如果妳覺得毒打我一頓，可以讓妳消消氣的話……」我用最誠懇的語氣說。

「徐雋哲！我眞的受夠你了！」郁芬忽然大叫了一聲，抓起椅子上的抱枕，很用力地丟過來。我認爲這是我該受的懲罰，所以站直了身子，不閃不避，卻看見了抱枕從我面前飛過去，打在牆壁上，剛好和一個很近的雷聲同時鳴響。

「撿回來！」她大吼著，外面開始下雨了，我聽見雨聲。

乖乖地撿起抱枕，輕輕拋給郁芬，郁芬嘟高了嘴，喝道：「不准閃！」

有時候我們得承認，棒球投手眞是偉大，能夠把一顆小球準確地丟進對方手套裡面。我現在像個大手套，張開雙臂，乖乖站好，卻看見比棒球大了十幾倍的抱枕，連續三次從我面前飛過去，而我居然還連著三次，幫她撿回來，又輕輕拋還給她。

「妳要不要站過來一點？這樣也許會……比較好丟。」我斗膽建言。

「你到底想怎樣啦！」她氣得全身發抖，眼角也迸出一顆眼淚來。

那顆抱枕最後依然沒有打中我，卻很精準地從我先前打開的窗子飛出去，掉在陽台鐵窗上，正被天上狂飆而下的大雨給不斷打濕。

郁芬不再說話，坐在椅子上，她不斷喘著氣，像翻白眼那樣地瞪著我。

「我一定是鬼迷了心竅，不然就是上輩子做了什麼錯事，也可能是我家冰棒賣得太貴，少積了陰德，才會這樣報應到我頭上……」她像在喃喃自語，說著說著，忽然抓起一顆小抱枕，又猛然擲了過來。不過很可惜，我剛好尷尬地回過頭去拔咖啡機的電源，結果抱枕打在落地窗上。

剛剛郁芬大喊時，楊妮探頭出來看了一下，她對我做出一個極度嫌惡的表情，然後又縮了回去。現在的我進退維谷，想走人，可是天正下著大雨，我不知道公車站牌在哪裡，而郁芬在沙發上哭得正精采，我不好意思告別，更何況，也不知道這台該死的咖啡機，她到底還要不要。

蹲在落地窗邊，我距離郁芬大約兩公尺，她低著頭，雙眼半閉，不斷大口呼吸著，整個客廳裡，只剩下張雨生的歌聲，還有郁芬沉重的呼吸聲。

「對不起，我不是故意的。」幾乎聽不見自己的聲音，說出口之後，才想起我原來一直都還沒爲這烏龍事件道歉。

郁芬緩緩地搖了搖頭，我看見了她臉上不斷流下的眼淚。

「郁芬……」我很想走過去，輕拍她的肩膀，但我做不到，一來我是那個惹她哭泣的蠢蛋，二來我看見桌上有個陶製的香精燈，我很怕等一下飛過來的不是抱枕，而是那玩意兒。

「郁芬……」我又輕輕叫了她一次，卻發覺有點不對，郁芬的額頭上正冒出一滴滴水珠，那可不是眼淚應該出現的位置，於是我趕緊冒著被香精燈打破頭的危險，湊上前去。

「妳還好吧？」

「痛……」她用氣音說著，語調若絲，手指很無力地指指心口。我才想起來，她的心臟不好。

誰知道一個先天性的心臟病患者出現症狀時該怎麼辦？我沒有任何這方面的醫學常識，唯一能做的，只有讓她稍微躺下。郁芬向右略爲側躺，她臉上的汗水早已多過了淚水，眉頭緊皺，咬緊了牙，卻不肯發出一點不舒服的聲音來，倔強到了極點。

我起身想去叫楊妮，郁芬卻抓著我的手腕，艱難地搖頭。

「休息一下……一下就好。」她痛苦地說。

「需要吃藥嗎？」我問。電視上都這樣演，心臟病患發作時，隨便吞下兩顆藥丸就會馬上好轉。但郁芬還是搖頭，她說她沒有嚴重到那種程度。

外頭下著大雨，客廳的光線逐漸昏暗下來，我就這樣守在她身邊。第一次，我看見了一個人可以痛苦成如此，生命彷彿脆弱得可以隨時被切斷一樣，一個小時前，郁芬還氣急敗壞地對我大擲抱枕，那時候的她生命力強韌，而不過一個小時而已，此刻的她卻氣若游絲，雖然臉部表情看來已經沒有之前的劇痛難當，但是卻依然虛弱。

「還好嗎？」我輕聲地問。

郁芬微微點頭，她的呼吸變得很緩慢，像是刻意拉長。

「眞的很抱歉，害妳……」

她給我一個很艱難的微笑，用幾乎聽不見的聲音對我說：「沒有那麼容易死好不好……我也還沒說要原諒你……」

楊妮聽外面許久沒有爭吵聲，以爲眞的發生命案，走出來看時，郁芬已經躺了快兩個小時了。她嚴肅地告訴我說不要讓郁芬有太大的情緒波折，尤其不要亂惹她生氣，因爲「氣死人」這三個字對心臟病患者來說，絕對不只是玩笑話而已。

「不過她沒有嚴重到那種程度，只是這兩年多來，我也沒有看見她發作得這麼厲害過。」楊妮說，以往郁芬心口絞痛時，也不過就是覺得輕微疼痛，讓她無法做劇烈運動而已。

「沒想到你居然有本事讓她氣成這樣。」最後她這樣說。

當天空終於陷入黑暗時，我離開了這棟差點發生咖啡中毒命案的公寓。郁芬休息了很久之後，總算恢復正常了點，她叫我改天自己來清理這堆放在鞋櫃上的廢物，並且叫我準備好一筆錢，說我有請不完的賠罪飯了。

「這裡離站牌很遠，趁現在雨停了，我載你去等車吧。」

我趕緊搖手說不用，要她在家好好休息，我可以自己去摸路。

「你以爲我是專門爲了載你而出門嗎？不要做夢了，我是要去買便當！」雖然氣還有點虛，不過她罵起人來，還是辛辣十足。她說楊妮不會騎機車，向來買飯的事，都是她去做的。

她丟給我一頂安全帽，對我說：「從現在開始，我說什麼，你做什麼，拜託不要亂出主意，也不要亂講話，我不想念不畢業就駕鶴西歸，好嗎？」她拿起機車鑰匙，用僅存的半口氣，對我下了最後警告。

妳知道我一向很聽話，所以妳要好好活著，好嗎？

22

郁芬堅持不讓我騎車，她說這是她的最愛，誰都不能染指。本來我想跟她說，在妳買車之前，機車店老闆就騎過了，不過郁芬已經說了，她不想聽見我亂講話，所以我只好把我的徐式幽默吞回肚子裡。

「你給我乖乖坐到後面去。」她這樣對我說，卻連機車都差點牽不動。

我很擔心她的身體，早知道我應該叫輛計程車，大不了先去幫她買便當，然後我再轉回北屯就好。

「不要用同情的眼光看我，我還活著。」她有氣無力地說著，然後發動車子。

「我是怕妳這樣逞強，會活不了太久。」我心裡面想著，這句話不敢說出口。

下過雨的夜晚，黃色路燈映得路面燦爛繽紛，我戴上安全帽，手扶在坐墊後面，刻意跟她保持大約十公分的距離，以免不小心碰到她的身體，又造成不必要的誤會。

「其實我應該跟你說謝謝，雖然那台咖啡機最後泡出來的東西很恐怖。」她在前面逕自說著：「我的心臟不好，所以不能太過激動，現在你相信了。」

「我沒有不相信過。」我說。

郁芬沒再說話，只是小心避開路上的水坑，緩慢前進。她握著機車把手的雙手很無力，有好幾個水坑都沒避過，騎過去時濺起了很大的水花，讓我的鞋子都濕掉了。

「要不要換手，我覺得……」

「我很穩，是你很重，妨礙我的穩定度。」她直接回答。結果我們又掉進一個水坑裡。騎過了工業區後面的小路，我們來到熟悉的東海商圈。

「這裡讓我下去就可以了，我可以走到外面的站牌去。」我試圖給她留點顏面。

「我說過你最好安靜閉嘴，不要瞧不起我，我還在呼吸，我還活著。」她冷冷地說。結果我們差點撞上了路邊的麵線攤子。

一輛歪歪斜斜的小機車，就這樣在東海遊園路上撇過來又盪過去。有時候是我們嚇到行人，有時候是行人嚇到我們。我稍微探頭，看見郁芬很嚴肅的表情，她又嘟著小嘴。

「你又想講話嗎？」她用眼角餘光看見了我。「如果你要講，講有建設性的，不要老是叫我換手讓你騎。」

我思考著「建設性」的定義，文章乃經國大業，古人說起話來都是有建設性的，但是我不是古人，古人也不會坐在這種危險駕駛的機車上。對著郁芬的背影，霓虹映著她白皙的後頸，我忍不住又探出頭去，看看她稚嫩的臉頰，然後我說了一段我自認為很有建設性，而且絕對浪漫的話：「聽風在唱歌，它在唱著對妳的告白，說它很喜歡妳。」

我不知道郁芬到底有沒有聽見我這樣的白目告白，當我再想到這問題時，人已經在澄清醫院了。

「你去送個咖啡機，結果送到兩個人一起進醫院，這是怎麼回事？」貓咪問我。

坐在醫院的硬質塑膠椅上面，我對著旁邊的貓咪說明經過。

就在我對郁芬說了那段話之後，她的車忽然傾斜，我們已經到了東海麥當勞的路口，碰巧遇到黃燈，郁芬用力扳下剎車，結果前輪打滑，又掉進了一個水坑裡面，劇烈震動之下，郁芬這次沒抓牢把手，車子往路中央偏了出去，一輛由後面快速奔來，看來頗想闖過這個路口的機車，朝我們撞了上來，我只聽見「碰」的一聲，然後整個人甩了出去，而跟我一起摔的，還有郁芬的身子。

摔車這種事情，我跟貓咪都很有經驗，所以我的左手護住自己的腦袋，右手攬著郁芬的肩膀，避免讓她頭部受到撞擊。結果她頭上的安全帽重重敲上了我的胸口，今天我沒被抱枕打中，卻捱了一記安全帽。而我的左手則在地上擦破一大塊皮肉，血水跟泥水沾滿了我的衣服，郁芬摔在我身上，沒有受到重傷，但是右腳卻被翻倒的機車壓住。

「於是，我的左手掛彩，她的右腳腳踝骨折。」

「對方呢？」貓咪問我。

「不知道，好像跑了。」

「跑了？」他瞪大了眼。

其實我根本沒有去注意到撞上我們的是誰，因爲我更在乎的，是躺在我懷中的女孩。

路人過來扶起我們的機車，對面派出所的員警也跑了出來，可是當我們被扶到路邊時，才發現那台從後面撞上來的機車居然不見人影了。

「他沒死喔？」

「應該沒有，是我我也會逃的。」我說。

貓咪很懷疑，對方這樣撞上來，應該會撞爛自己的機車，怎麼可能逃逸無蹤呢？我跟貓咪說，不要忘了，有一年我們也曾在台中市爲了看辣妹，結果發生了一場把FZR都撞爛的交通意外，那一次，趁著別人去救人時，我們也一樣是牽著機車逃掉的。

「報應。」這是他的結論。

車禍發生後，我請警察幫忙叫了計程車，再扶著郁芬上車，直接到澄清醫院來，不去榮總的理由，是因爲我打電話給貓咪，叫他來接我時，他說他不知道榮總大門在哪裡。郁芬也打了電話給她室友楊妮，然後我被帶去洗傷口、擦藥，她去掛急診看腳。

「所以她還在裡面？」貓咪問我。我點頭時看見楊妮跟另一個男孩走了進來，明亮的醫院大廳裡面，那男孩的一頭金髮很耀眼。

「郁芬呢？」楊妮很嚴厲地問我。

「還在看腳，右腳踝骨折。」我無力地說。

那男孩很高，他站在我面前，用一種不屑的語氣問我是誰騎的車，我照實回答後，楊妮跺腳大罵：「你不知道她很好強嗎？白痴！這麼不會體貼，你憑什麼想追她呀?!」

這是關鍵句嗎？當楊妮叫出這句話時，貓咪睜大了眼睛，一臉非常詫異的表情，我也瞪著眼，感覺全身血液在一瞬間停止流動似的，至於那個高大的男孩，他算是鎮靜的了，他只是皺起眉頭，瞄著我而已。

我想，最震驚的人應該是郁芬吧，她剛好從急診處被護士小姐攙扶出來，她不用瞪人，眼睛就很圓了，而且她的嘴張得很開，這句話讓她傻了眼。

是的，說起來楊妮還比郁芬了解我，光是一下午的幾次短暫眼神交會，她就看穿了我喜歡郁芬的心事。

「妳沒事吧？」我們幾個人，同時說出了這句話。不過說完之後，大家又是百般滋味各不相同，楊妮是殷切關心，貓咪連這句話都沒講，他只是冷冷看著我們，那男孩是一臉言不由衷，而我則是萬分悲痛。

悲痛的理由，不只是因爲我沒有保護好郁芬，害她腳受了傷，更讓我了無生趣的，是我發現了郁芬看著那高大男孩時，眼神中流露出來的光芒。

果然幸運女神還是沒有眷顧我們這種好男人，又開了我一個天大玩笑。

23

阿澤先生的臉色很難看，但不是因爲我的左手包了一大包，影響了工作品質，而是因爲紓雯對我說：「多休息，我會很擔心你。」

所以他跟我說：「徐老師，既然你手不方便，那就幫忙打電話吧，這些是本周缺課的學生，請你跟他們家長聯絡一下。」他遞給我的資料，比電話簿還厚。

貓咪叫我乾脆辭職算了，反正事多錢少，主任又刻薄，沒理由去受人家侮辱。

「多熬一點，多學一點，改天搞不好我自己開補習班耶。」

當我這樣說的時候，貓咪正好將咪咪整隻翻過去，用力搓著牠的肚皮。

「聽見了嗎？連咪咪都在笑你。」

依然是那一疊紓雯給的資料，依然是我沒翻開的第一頁，很奇怪，我就是完全沒有興致去碰它，躺在床上，感覺自己被日光燈曬得很暈。

打電話給郁芬，她說這幾天比較麻煩，動彈不得，連去醫院換藥都得坐計程車。我覺得很自責，讓她受傷的事情，對我來說是很大的愧疚。而這樣的情況下還要去上班，我會更煩悶。其實我知道這裡並不適合我，或許我該考慮換工作，補教業的確如紓雯所說，需要的是口碑與宣傳，成全的只是財富，無關乎夢想。但是我很難說要走，因爲這工作也是紓雯介紹的，而且我不想讓阿澤先生稱心如意地拔去我這個眼中釘，這不是爭風吃醋，而是面子問題。

星期四下午，阿澤先生召集所有職員開會。他提了一些招生的計畫，要我們分小組，準備到各學校外面去懸掛補習班布條，並且在週末到學校教室去擺傳單，以求增加本班的知名度。

「徐老師？」

旁邊的同事輕搖了我一下，讓我回過神，我才想起來，原來「徐老師」是在叫我。

「你的手受傷了，要跑校不是很方便，不然的話，你就跟我同一組吧！」我看見阿澤先生用他招牌的鱷魚笑臉，對著我咧嘴而笑。

「那我可不可以不去呀？」愁眉苦臉地，我對紓雯說著。

「你們兩個人一組？」她很訝異。

其實沒啥好訝異的，不用想也知道阿澤先生的用意是什麼，能夠操死我的機會，他沒有輕易放過的理由。

我們坐在火車站前廣場的欄杆上，昨晚紓雯打電話給我，聊著工作，也聊到了我受傷的事，她建議我去買美容膠來貼傷口，以免留下疤痕。

「男孩子身上有點疤痕，妳不覺得比較有男人味嗎？」

我說著，一邊用左邊肩膀夾住電話，一邊用右手按著鍵盤，看著郁芬在她個人板上面，向大家宣告她受傷骨折的事情。

「才不會，那難看死了，你明晚下班之後，在火車站外面等我，我拿美容膠過去給你。」

於是我在打了一整晚的訪問電話之後，很賣力地騎著小凌風，一路兜到火車站來。她把美容膠交給我，我們坐在欄杆上面，一起點起了香菸。

「所以你決定還是跟他同一組？」紓雯問我。

「這好像不是我能決定的，妳得去問小鱷才行。」

今晚的雲層很厚，不曉得週末下不下雨。十點半的火車站附近，人潮正要散去，我們像與世界無關的兩個人，就這樣安靜地坐在路邊抽菸。

紓雯今晚的臉色有點沉重，不像往日的悠閒與自信，彷彿連她身上的白色外衣都黯淡得很。

「妳的心情似乎也不大好。」

紓雯吐出一口長長的煙，看著火車站對面閃爍的霓虹。

「還記得我們聊過的夢想嗎？」她問我。「因爲我哥哥是補習班的老闆，所以我沒有熬太久，就當上了教務的職位。本來我以爲這會很有挑戰性，可是我錯了。」

紓雯告訴我，她畢業這一年來，在這裡學到的，居然只有「講客套話」而已。

「這一行沒有太多技巧，有的只是同行之間鬥爭的心機，也不太需要任何規畫與計畫，稍微打聽其他補習班的做法，截長補短之後，就是自己的特色了，剩下要做的，就是把大筆金錢砸下去，砸出設備、砸出榜單，然後建立口碑，以後的就只是擴張地盤而已。」

今晚的風有點小冷，我把外套披在紓雯肩膀上，但她卻又拿了下來。

「讓我吹點風，呼吸一下自由的空氣吧！」

「妳不自由嗎？」我問。

「我有錢、有車、上下班時間很隨意，但是我不自由。」她說：「生命中最重要的東西沒有圓滿，所以我不自由。」

我記得紓雯說過，她認爲女人跟男人一樣，最重要的東西其實都相同。所以我不再追問，因爲我懂她的意思，她的夢想與愛情，都還不夠圓滿。

沿著中正路，走到人潮已經散去的第一廣場前。紓雯說最近補習班有擴張的打算，她哥哥正在研究彰化地區的補習班，及當地學生的特色，有打算到彰化去開分班。

「你知道嗎？我在這裡，一點都不快樂。」

「看著自己家的事業進步，自己也能夠盡點力量，難道不是很有成就感的事情嗎？」

「我想要的是挑戰性，還有我主動爭取來發揮能力的機會，而不是空降成爲一個連鎖補習班的教務，更何況，這裡其實用不到我的能力與專長。」

我記得貓姊說過，她和紓雯是大學同學，她們念的都是企管系。可是貓姊現在是個中型企業的小秘書，紓雯走的卻是另一條路。

「妳哥哥，也就是我們這位大老闆，他知道妳的想法嗎？」

紓雯苦笑著說：「你面試時就聽他講過他的夢想，他要的是怎樣的補教王國、怎樣的事業夥伴，我要怎麼跟他說？」

她一個人在空地上踱步，唱起了我沒聽過的英文歌，唱完之後告訴我，她想出國去念書。

「是眞的念書，還是藉機逃避？」

「被你識破了。」她做出一個頑皮的笑臉。

今晚的風吹得比前幾天急了點，我的手放在口袋裡，陪她來回走了兩圈。

「阿哲，如果我打算逃到國外去念書，你會不會來看我？」

「不會。」我嚴肅地說：「因爲我要當兵。」然後做了一個很傻的微笑。

「這件事情先幫我保密吧，等我下定決心之後，也等我哥哥完成最近的計畫之後，我會再認眞考慮的。」她看著地上的地磚紋路，輕輕地說。

我說其實我很羨慕她，至少她知道自己的夢想在哪裡，而我卻還在渾渾噩噩，甚至爲了面子問題在苦撐著，我也想找一個屬於自己的夢想，然後努力去實現它。

「其實你大可不必這樣，如果想辭職就辭職。」紓雯轉頭對我說：「我要找你時，不會像個小女生，得要先找千百個理由，我會直接打電話給你，約你出來吃飯，如果你要去完成你的夢想，我會支持你，也會在你需要的時候，都陪著你。」她說著，眼睛看著投映在建築物上，明亮的水銀廣告燈。

「我是讓妳不自由的第二項原因嗎？」

連貓咪也看得出來她喜歡我，但是我不能確定。因爲她沒親口說過，所以對我來說都不能算是成立，這或許是我無聊的堅持，但我是那種不到最明確時，萬難下肯定決定的人，所以我問了這樣奇怪的問題──「我是讓妳不自由的第二項原因嗎？」

紓雯沒有回答，她用笑容回應我，轉身走到廣場中心，距離我大約十公尺左右，對我說：「人家說，心裡有事情的時候要勇敢說出來，所以……」

她轉了半圈，側面對著我，朝著只剩下路燈的第一廣場，對著那棟已經安靜的建築物，右手指著遼闊的夜空，左手指著我，大聲說：「我要出國去念書！我暗戀他！」

不知道爲什麼，我笑了，笑是因爲我認識的紓雯，眞的是一個很勇敢的女孩，笑的，是我自己到現在還如此怯懦。

妳始終是勇敢劃過天際的彗星，而我卻是沒有方向的風。

24

我的好朋友不多，但是都有個特色，就是大家都會抽菸，而就算不抽菸，至少也不會討厭菸味。只有郁芬是個例外，因爲我們相處時間很少，我不敢抽。

我很討厭坐在禁菸的長途客運裡，感覺很痛苦，但是還有一種更慘的，就是明明坐在一般自用小客車裡面，卻也不能點菸，那才是惡夢。

阿澤先生上車就對我說：「徐老師，因爲我不抽菸，所以很抱歉，請不要在車上抽菸喔。」

這是補習班的公務車，非常破爛的小轎車，因爲沒有冷氣，所以得開窗戶才能避免悶死人，那種感覺就像外面的空氣在對我說：「來吧！吐口煙來污染我吧！」的意思。可是開車的人是這個分班之中，地位最高的阿澤先生。

老天爺是故意的嗎？昨晚的風都還急得很，今天偏偏就是艷陽天。阿澤先生很悠閒地在樹下坐著，我卻得爬上爬下，把那些印刷得很難看的宣傳布條掛上去。

「徐老師，你線拉得不夠緊，這邊垂下來了。」他有時候會這樣說。

「徐老師，你左邊綁得太高了，不行不行，要重綁。」有時候他也會這樣說。

我一直很不喜歡被叫作「徐老師」，因爲大部分時候，我都在打雜，帶班對我來說只是一堆工作裡的其中之一。甚至我都認爲，直接叫我「徐工友」還恰當一點。

中午十二點，週末的好天氣，一群逛街的女孩經過我們身邊時，還對著樹上的我議論紛紛，我依稀聽見有個女孩說：「噢，斷手還能爬這麼高，這個人一定是屬猴的。」

台中市的街頭人群擾嚷，我坐在樹下吃飯，逛街的人與我無關，散步的人與我無關，我的搭檔是個正坐在車上吃排骨便當的西裝頭，而我只能啃著7-11的御飯團而已。

「徐老師……」他忽然叫我，而且叫得很大聲。

「可以直接叫我阿哲嗎？我覺得這樣我才知道你在叫我。」滿嘴飯粒的我，沒好氣地說。

「好吧，阿哲，我只是想提醒你，你要吃快一點，我們下午還有六間學校要跑呢！」

六間學校，一間要掛二到三張大布條，也就是說，我還有十幾條要掛。看著已經開始發紅，即將要冒出水泡的手掌，我有點火，開始打量阿澤先生，計算著光用一隻右手能不能幹掉他。

「走吧，趁著今天天氣好，我們應該更努力一點。」他很愉悅地說。

今天的行程是海線一帶，我們開著破車，在很荒涼的龍井國中校門口停車。

綁布條其實不難，反正這東西預估一週內會被拆除，所以只要隨便打個死結就好。

很賣力地爬上鋁梯，繫上一邊之後，又慢慢爬了下來，我看見阿澤先生按照慣例，在旁邊欣賞優美的海線風光。

如果不是我的左手受傷，其實我可以綁得很快，但現在我使力有困難，所以動作變得很慢，心想，郁芬說她生活很不方便，那我呢？她是痛苦，我可是煎熬。

在繫第二邊的時候，電話響起，我用受傷的左手牽住布條上的棉線，用腦袋靠在樹幹上面，取得平衡，然後右手從口袋裡面掏出手機。

「忙嗎？」是紓雯打來的，我說還好，正在工作。

「晚上有空嗎？我發現了一家很不錯的拉麵店，下班後我過去補習班接你，要不要？」

我瞥了一下，發現阿澤先生也走到鋁梯旁邊來，他的眼神不在我身上，不過我可以感覺到他也在聽我講電話。

「沒關係，我下班之後打給妳，就這樣。」

掛上電話之後，我又稍微轉了一下頭，他用很古怪的笑容對我笑笑。

「我媽找我吃飯哪！」我笑著說。

「你可眞是乖兒子。」他笑著答。

即使是週末，省道往台中方向還是大塞車。我不斷搓著掌心，想讓疼痛的感覺少一點，阿澤先生望著車陣，嘆了一口氣，他說：「我看我們回到補習班都晚上了，這樣吧，你今天很辛苦，等一下就可以先下班，回去休息好了，剩下的我來處理。」

我沒有答話，懶得跟他多說。

「徐老師你以後想開補習班嗎？」

「志不在此，我對補習班的管理機制比較有興趣，不過開補習班，怎麼開我都開不贏現在這一家，所以我會選擇去賣連鎖的雞排。」我隨便瞎掰。

「如果你眞的去賣雞排，那紓雯跟著你，豈不是要受苦嗎？」他忽然說。

我不知道他是怎麼想到這方面去的，這句話讓我非常訝異，所以我別過頭來看著他。阿澤先生繼續凝視前方，他說：「我跟紓雯認識很久了，從她還是學生時，我們就認識了，所以我看得出來，紓雯喜歡你，而且我想喜歡得很深，可是我得跟你說，其實你眞的不適合她，你年紀比她小，社會經驗比她少，收入也比她低，更何況你還是學生，還沒當兵。」

他不斷說著，手也比畫起來。「我只是建議你，你自己要想清楚，你們是不同世界的人，而且你距離她還差很遠。」

台中的交通讓我已經很不耐煩了，他的話更讓我反胃透頂，我皺著眉頭說：「你覺不覺得，這些話你去跟她講比較好？」我有點不耐煩。「更何況這好像是我的私事。」攀著車窗，我在大力呼吸著污濁的廢氣。

不是偶像劇的男主角，我只是個想打工的大四學生，需要的也只是微薄的收入，能夠讓我安穩度過這一年就好。但是我卻意外地加入這家超大型的連鎖補習班，還當了全職的工友。跟我同樣來打工的人日子很愉快，我卻得忙進忙出，連買個便當都得用跑的，理由是因爲我頂頭上司看我不順眼。可是我沒有去惹他，也沒有在工作上面砸鍋，只不過很不幸的，我的頂頭上司，這個笑起來像鱷魚的社會新銳，他喜歡的女孩是我們大老闆的妹妹，剛好是補習班的總教務，而更糟糕的，是這位教務喜歡我，我們還約了晚上要一起去吃拉麵。

「站在一個朋友的立場……」他又說了。

「抱歉，你是上司，我是下屬，我們始終都不是朋友。」

車停在車陣中，時間都已經傍晚六點半了，我們還沒過中港交流道。我被操了一天之後，心情極度不爽，耳中聽到阿澤先生不斷地叨唸，這時候不曉得哪裡來的一股氣，我說：「我的私事，不應該被拿出來在上司與下屬的關係裡面談，或者你要告訴我，其實你也喜歡紓雯，所以其實這也是你的私事？」說到這裡，我狠狠地瞄了他一眼，然後我在靜止的車陣中，打開了車門。「剛剛好像是你說我可以先下班的，既然這樣，那我先走了。」

今天一直到了太陽下山都還是好天氣，我背對著夕陽，從快車道走到路邊，金黃色的陽光照得我前方的路很亮，到處都充滿了浪漫的餘暉光彩，雖然我現在是一肚子的怨氣。

愛情的發生與存款的多寡沒有比例關係，怎麼老是有人搞不懂？

25

明天是否還要去掛他一天布條？我跟貓咪說，我要認眞考慮考慮了。坐在東海教堂前面，我們找了片沒有狗屎的草坪坐下。

「你不想去的理由是因爲感情問題還是工作問題？」

我不知道怎麼回答，我想連我自己也沒有答案。

晚上我終究沒有跟紓雯去吃拉麵，走在路上，我打了電話給貓咪，他在學校教學弟彈貝斯，我要他出來載我，我在熱音社的社窩，吃了學弟的全麥三明治當晚餐，然後打通電話給紓雯，跟她說我今天很累，這個約還是改天吧。

貓咪啣了一根草在嘴裡。「其實你自己知道你喜歡誰，不然咖啡機就不會是送給她了。而對另一個，你欠的也不過就是人情，一份特別關照你的人情。」

我說這不能以「人情」兩個字簡單帶過。

「不要因爲是她先喜歡你，就覺得你虧欠了她，感情沒有誰欠誰，不然你拿什麼去還？」

我覺得我們已經很久沒有這樣好好談話了，貓咪也已經很久沒有講話講得這麼有深度了，正當我想稱讚他時，他就露出貓尾巴了。

「不過話說回來啦，要是我，我就兩個都不會放過啦，那樣有錢又有氣質的美女送上門來，如果她認爲有必要，我也是可以連腳毛都爲她刮乾淨的。」拍拍我肩膀，貓咪說：「通吃吧！用男人的事業心來解釋，這是合理的。」

去死吧！

回家的路上下著大雨，老天爺對我可眞是眷顧，整天的藍天，害我掛布條掛到差點中暑，偏偏到了晚上，雨水就毫不留情釋放了出來。貓咪的FZR騎得飛快，我們騎到了台中都會公園附近。

「很難決定明天要不要上班是吧？簡單，你如果可以活著到家，就表示老天爺要你繼續掙扎，如果撞死了，就表示這是解脫！」他大聲喊完時剛好綠燈，我則繼續後悔，早知道就自己坐計程車回家。

風雨刮得我的臉很痛，而心也酸著，我努力想著自己會如此優柔的原因在哪裡，每次想跟郁芬說點什麼時，我就會想起紓雯，而當我想跟紓雯說明白時，卻又會想起郁芬。

我知道我喜歡郁芬，可是就對紓雯完全沒感覺嗎？想起我對貓咪說的，我對紓雯，絕對不能只用「人情」二字帶過，那樣不公平，而且我無法將一個人為我付出的感情看得如此無足輕重。

心情亂成一團，抬頭，也看不見夜空。

雨水淋得我們連內褲都濕了的時候，FZR還是把我跟貓咪送回了北屯的公寓，我們走到社區大門時，我看見了兩個撐著傘的女孩。

左邊那個矮了點，她穿著皮卡丘的睡衣，這人從我認識她到現在穿著的幾乎都是這件衣服，她是貓姊；另一個站在她旁邊撐傘的，個子很高，穿著很優雅的洋裝，她是紓雯。

結果貓咪被他姊姊氣得拎著耳朵上樓，我坐到紓雯車上時，還聽見貓姊在大罵著：「你有種，敢不穿雨衣給我飆回來，你想死是不是？給我上樓去，我打斷你的貓腿……」

「他們姊弟感情眞好。」紓雯說著，遞給我一條毛巾。「這是我擦車內玻璃用的，你先擦擦頭髮吧！」

我知道她有事找我，也大致猜得到是爲了什麼。

「阿澤跟我說了一些你今天的事情，怎麼……」

攤了攤手，其實有些事情不需要解釋，紓雯同樣清楚，她沒再說話。音響裡面唱著許志安的歌，很溫柔的哀傷，我看著雨水把車窗淋得模糊，外頭的交通號誌，那綠燈像在哭泣似的。

「明天還會去上班吧？」她問我。

「其實我也不知道，不曉得小鱷明天會怎樣，可能會讓我洗一天地板。」

紓雯笑了，她說明天星期天，她打算召集三個分班的主管回總班開會，討論關於大老闆要進軍彰化的事宜。

「現在有點小難題，彰化幾個老補習班，他們要聯合抵制我們。」紓雯說，除非能夠有合理的協調，不然以目前戰國紛爭的局勢，大家都很難生存得下去。

她說完這些之後，我們小沉默了一下，外頭的雨應該很冷，冷得車窗內都起霧了，紓雯沒有啓動車內除霧，也沒有打開雨刷。我們像是待在一個封閉的小世界裡面，我聞到了紓雯身上的香水味，很清淡的香氣。

「今天的這些事情，眞的是當初始料未及的，抱歉，阿哲。」

我搖搖頭，說沒有關係。紓雯低著頭，我看見了她無奈而無力的表情。

「妳投票給陳水扁時，也沒想到他居然會當選總統吧？」我笑著說。

紓雯也笑了，她搓搓我沾滿了雨水的頭，叫我快點上樓洗澡。

「這當下貓咪應該在洗貴妃浴，我上去了也沒用。」我說。

她把音響關小聲一點，嘆了口氣，「笨蛋，你應該說，你不想那麼快下車的。」

我是笨蛋嗎？我的確是。笨的第一個地方，是我不該說貓咪在洗貴妃浴，我應該說其實我希望在車上多留片刻，好跟大老遠跑來找我的這個女孩多相處。第二個笨的地方，在於紓雯輕攬著我的脖子，在一切都恰到好處的氣氛底下，要給我這輩子第一次，由女性主動的吻，而偏偏手機響起時，我應該選擇讓手機繼續響，先把臉湊過去再說的，可是我卻無視於她快要輕閉上的雙眼，居然拿出了手機，還接通了電話。

「喂……」

這一聲「喂」，害我痛失讓美女吻上臉的機會，也讓整個氣氛蕩然無存，但其實我沒有後悔，看見來電顯示時，我甚至是喜悅的。

「風先生，你的傷勢還好吧？」

沒有人會這樣叫我，我的「風」，只存在於十五吋電腦螢幕之內，之所以爲「風」，是因爲有個人是「雲」。

「還好，至少我可以感覺我的手還在，妳呢？感覺得到自己有腿嗎？」

「我警告你，我有病，不要逼我咬人。」

雖然我看不見她，但是我彷彿可以聽見她咬牙的聲音。經過上次她心臟病忽然發作的經驗，這次我不敢再惹惱她。對著紓雯做了一個不要出聲的動作，我問：「怎麼了，找我有事嗎？」

「你平常時候，中午有課嗎？」

我的課只有星期三跟五，其他日子我只有中午準備上班而已。郁芬說她中午有課，可是她現在無法騎機車。

「楊妮呢？」

「唉……」她長長地嘆了一聲，告訴我一個很不幸但也非常好笑的消息。

那個兇巴巴的楊妮，自以爲能夠負起買便當的重責大任，在郁芬受傷的第二天，堅持要騎車出去買食物，結果還不到巷口就摔車了。

「她比我還慘，我只是右腳骨折，她是撞斷左腳，現在還打了石膏。」

我該笑嗎？我非常想笑，想到她那天在澄清醫院，對我鬚眉戟張的潑辣樣，又想到她現在打了石膏的笨拙，我就覺得非常開心，但我還是沒笑出來，一來是我如果笑了，郁芬會很不爽，二來是我看見了旁邊的紓雯，她試圖讓自己若無其事的表情，令我不忍心傷害她。

所以這兩個女孩現在只能困守在家，連上學都有困難。郁芬問我，如果星期一我有課，可不可以順路過去工業區，載她去嶺東技術學院上課。

「可以，我會過去。」

不想在紓雯面前說太多，簡短地答應之後，我掛上了電話。

「那個女孩？」她問我。

是的，是那個女孩。

「早點休息吧！」

我沒有再說什麼，看著她眼裡的失落，我懂她的心情，就像那天，我看見郁芬看那個金髮男孩時，眼裡有點光芒一樣，紓雯一定也看見了我眼裡的光。

原來那個心裡面的馬賽克底下，是這麼一回事。

26

兩個斷腿的住一起，是很匪夷所思的事情，還好公寓有電梯，不然可能爬下樓梯時，學校的第一節課都已經上完了。胡思亂想著，我已經騎到了嶺東附近來。

郁芬穿著短袖上衣、很寬鬆的牛仔褲，坐在公寓外面等我。上衣是水藍色棉質的布料，看起來就像是國小的體育服。她嘟著小嘴，很無聊地看著街上的風景。

我花了半個小時騎到這裡，載著郁芬先到7-11去買午餐，她說今天不想吃便當。

「腿現在怎麼樣？」

「很好，至少還連在我身上。」

「嗯，那就好，妳有鎖好它吧？」

「鎖好？」

「對呀，我怕車子晃動大一點，妳的腿會掉半路上……」

今天的天氣微陰，天上還有片烏雲沒散，我感到背後寒氣陣陣，郁芬冷冷地說：「你非得把氣氛都搞冷了才甘心是不是？」

然後，我感到肩膀一陣痛，她有病，她咬人。

郁芬說她們現在很不方便，一有機會到便利商店就得大買存糧，原本近在咫尺的全家便利商店，現在感覺比西班牙還遠。

「我來載妳，那楊妮呢？用跳的跳到學校嗎？」

郁芬說楊妮有男朋友，可以騎機車接送她。我想起那天在醫院裡面的金髮男孩，又想起郁芬看著他的眼神，心裡頭想問，卻又感覺不妥，問了或許可以讓很多心裡的疑團解開，但是我卻沒有勇氣。

他是誰？或者在郁芬心中，那個男孩是誰？楊妮有個男朋友為她上演「溫馨接送情」，那郁芬呢？為什麼是我來載呢？我腦海中閃過貓咪的臉，如果他知道我現在的想法，一定會笑我沒用。

「好可憐，人家有男朋友可以接送，妳卻只能找我。」

「那是因為我同學都有打工，大家白天都沒空，所以上課只好找你載我，下課我就能夠請同學幫忙了。」她說。

下課時，是請那個金髮男孩載妳嗎？我想問，卻依舊沒有問。

兩天之後，我就覺得我錯了，事情沒有想像中的浪漫，從北屯到嶺東要騎半小時，在太陽下曬了半小時後，我得再騎回市區的補習班去，又是二十分鐘的車程。如果遇到我有課時那還好，不然平常這樣眞是累人。這種浪漫只適合出現在小說或電視，根本不應該發生在太陽很大、空氣很糟的台中市。

於是我陷入矛盾之中，要每天這樣風雨無阻地橫越台中市，明明我覺得很辛苦，可是偏偏我又很開心，雖然說不上幾句話，相處時間也很短暫，但我卻願意這樣跋涉。是甘之如飴嗎？貓咪說這是智障的行爲。

郁芬每天都會坐在公寓外的階梯上，我看著她的衣服從長袖換成短袖，從長褲換成七分褲，她腳上包裹著厚厚的紗布，走起路來始終一拐一拐的。

騎車過來的路上，我心裡面想著補習班的事情，忽然想到了大老闆想要南進彰化的事，我把它當成是共軍在跟國民黨作戰時的場面，模擬著各種可能的戰略，完全是自己在跟自己玩。

「今天還要載她喔？」出門前，貓咪穿著內褲，打著哈欠問我。今天星期一，我已經跑了一星期。

「有沒有算過你花了多少油錢？」

搖搖頭，我說沒算過。

「你有沒有牽過她的手？」

「沒有。」郁芬能自己走，不需要我扶。

「她有沒有抱過你的腰？」

「沒有。」郁芬的手總是扶在椅墊後面。

「你有沒有問她上次在醫院，那個金毛的男人是誰？」

「也沒有。」我不敢問。

「嗯，那你可以走了。」

這次他居然沒有笑我，轉個身走到廚房，開了冰箱，拿出一罐烏龍茶。

「我覺得呀，等我的名字被擺進世界名人堂的時候，你都還會是個處男。」

下午我在補習班，一直想著郁芬說過的話，中午我們去買便當時，她說：「明天你可以不用來載我，我有個朋友剛好有空，他可以送我去上課。」

有個人可以代一天「車伕」的班，我一喜一憂，喜的是我終於有一天，可以不用滿身塵埃、滿頭大汗去補習班看阿澤先生臉色；憂的是，這個代我班的人，該不會就是那個金髮男孩吧？

滿腦子想著這件事情的我，不知不覺撥錯了電話，分明是要打給一個學生家長的，我卻打了紓雯的手機，還跟她說：「貴公子在本班最近表現得很優秀，非常值得鼓勵。」

電話那頭，紓雯差點笑掉了大牙，她說：「乖兒子，你在跟我討賞嗎？乖，晚上請你吃蒸餃獎勵你好不好？哈哈哈哈哈……」

我聽到她大聲笑出來，這才發覺自己打錯了。紓雯問我這幾天傷勢如何，怎麼沒消沒息。不曉得怎樣跟她講，我吞吞吐吐地，剛好阿澤先生朝我走了過來，我趕緊趁這藉口掛了電話，只跟她說，找時間再講。

找時間再講之前，我得先找時間想清楚該怎麼講。

被別人傷害不難，習慣掏心掏肺的人很容易被傷，不管是無心或故意。可是要傷一個人卻相反，至少還得有勇氣才行。要把我這星期接送郁芬的事情告訴紓雯，我認為那比拿把刀捅她還殘忍。

「徐老師。」阿澤先生對我說：「明天星期二，是你的例休假日，剛好大家要辦聚餐，不知道你來不來？」

明知我放假還挑這一天，看樣子是不大歡迎我了，所以我搖了頭，再次感謝他的好意，「我期中考快到了，趁著放假我得念書，大家好好玩，我就無法參加了。」

聽說今天聚餐是在有名的「東海漁村」餐廳，那是我跟貓咪經過千百次，卻從來沒有錢可以進去的餐廳，所以我決定跟貓咪去吃屬於我們的滷肉飯，點完菜，先買完單，然後我們坐下。

「你不用去接送郁芬嗎？」

我說不用，今天有人載她。

貓咪看看手錶，時間是十二點四十五分，他問我平常都幾點去載她。

「一點之前，因為郁芬一點十分上課，有時候我們還會去便利商店……」

我的話沒說完，貓咪扯著我包著傷口的左手繃帶，拉我上車，他發動引擎時，我看見老闆娘剛把飯端上來。

「等一下再回來吃！」貓咪對老闆娘大叫。

風呼嘯吹動時，我還在扣安全帽繫帶，FZR往嶺東方向飛。

「你要幹嘛？」我問貓咪。

「你不想看看今天誰載她嗎？」

我想起那天在澄清醫院外，貓咪看著那個金髮男孩時的眼神，充滿了懷疑。對於進世界名人堂這件事情，我開始對貓咪逐漸有了信心，他果然是很有研究精神的人。

不過十五分鐘之後，名人堂的事情就被我丟到九霄雲外去了。

貓咪花了我平常所需時間的一半，已經飆到了嶺東，我指點著他路徑，一路騎到郁芬住的公寓。想叫貓咪停車，以免剛好遇見郁芬時會尷尬，不過他騎得太快了，我根本還來不及開口，我們已經轉過了巷子。FZR停下，我們兩個人都沒說話。

郁芬坐在一個男孩的車上，那男孩的安全帽跟我們一樣是龜殼式的，我們看見了他的金髮，同時也看見了郁芬的雙手環抱住男孩的腰，她的臉幾乎貼在男孩的背上，甚至我還感覺從郁芬的側面，又看見了她眼裡有光，他們剛好發動機車，從我們眼前騎過去，消失在街的另一邊。

「她是不是抱得很緊？」我吶吶地問。

「嗯。」貓咪呆呆地答。

「眼裡有光吧？」

「嗯。」

「你有沒有看見她笑得很幸福？」

「嗯。」

「我可以罵髒話嗎？」

「嗯。」

「媽的。」

我們是彼此不得不的選擇，妳是無奈，我是唯一。

27

今天的滷肉飯很難吃，一來是它冷掉了，二來是我吃到了一種酸味，同樣是接她去上課，待遇差眞多。

轉轉頭，我想找點什麼來轉移我的注意力，卻只看見牆壁上的菜單而已。於是我叫老闆娘再切一盤滷蛋來，順便給我們來點海帶、豆干、粉腸、皮蛋豆腐……

「欸，你瘋啦？」貓咪問我。

「阿姨，再拿幾罐啤酒來！」

貓咪沒再說話，他點點頭，一副確定我瘋了的樣子。

「我是哪裡很差嗎？」我問貓咪。

「不會呀，雖然有很多缺點，不過你應該不算太差。」

「還是我長得很醜？」

「坦白說，你把頭髮梳好的話還有點人樣。」

「那爲什麼郁芬坐他的車是抱著他，還把臉貼他背上，坐我的車卻像我帶菌一樣？」

貓咪喝光杯子裡的啤酒，搔搔腦袋，他說：「雖然我不認識那個金毛頭，不過我感覺他一定跟你不一樣。」

哪裡不一樣了？我很生氣地看看自己，同樣有手有腳。

「那個痞子看起來就一副很有自信的樣子，而且應該也比你成熟很多。」

成熟？我問貓咪，怎樣才算是成熟的人。

「至少有感覺可以大聲講出來。」

要大聲講感覺嗎？我對著老闆娘說：「阿姨，再拿兩罐啤酒來，我想喝酒。」

然後我問貓咪：「像這樣嗎？」

「如果你不是喝醉了，那你一定是白痴。」結帳時，貓咪拖著我走出來，他嘴裡這樣說。

那天的天氣很熱，我們吹了一下午冷氣，喝了一下午酒，我其實沒有醉，因爲我看見他從我皮夾裡拿出一張五百元的鈔票去付後來的酒錢。

「好久沒在這裡跟妳聊天了。」

「嗯，不過我們在線上應該從沒有聊過天吧？」

回到公寓之後，貓咪把我丟在沙發上，回房間去繼續組裝他的發明。我睡到晚上十點才醒來，洗過澡之後，在線上遇見了郁芬。

「的確，風舞跟雲凡在這裡，似乎向來只有衝突。」

我在想，阿哲跟郁芬的組合，與風舞跟雲凡的組合，哪一種會比較有可能？同樣的人，卻用不同的身分與感覺在面對著。

「所以你還是快點下線吧，以免等一下我又心臟病發。」

郁芬說，今天下午她在學校，心臟又痛了，這次她沒有受什麼刺激，也沒有做劇烈運動，可是心臟卻有點怪怪的，後來又絞痛起來，所幸沒有上次的嚴重。

我跟她說，找個時間還是去檢查一下吧，不過郁芬拒絕了，理由是她不想掛完骨科又掛心臟科，那讓她感覺自己是個廢人。

「當個廢人總比當個死人好。」我說。

「當個沒有心的廢人，還不如當個沒有感覺的死人好。」

沒有心的廢人？我不懂話裡的意思。

「心不會不在，也不會消失，只看妳放在哪裡而已。」

「你有滿滿的心卻落空的經驗嗎？」

滿滿的心卻落空？我今天下午就嚐到了這種經驗，所以我說我也有過。

「你知道那種滋味嗎？當你以爲的美麗在一瞬間消逝時。」

「那就繼續努力呀，難道妳能說不愛就不愛嗎？」我像在鼓勵她，但其實是在鼓勵我自己。

「誰跟你說我現在跟你談的主題是愛情呀？」

一個追求平凡度日的人，不奢求錦衣玉食、富裕顯貴，那還能追求什麼？我用還沾在我頭髮上的水珠想也知道，當然只剩情感部分。

過了一會兒，她又傳訊息來：「痞子風？你還在不在？」

我說我在。

「明天你還會來接我嗎？」

「會。」

「為什麼你會願意這樣接我？你今年大四了，應該不會每天有課的吧？」

看著螢幕，我心裡笑著，妳終於也知道我不是每天都順路的了吧？含著沒點著的香菸，我決定讓自己也變成一個成熟的人，要勇敢把自己的感覺與想法說出來。

「我每天都把心給盛得滿滿的，然後騎半個小時的車去嶺東，妳以為呢？」

「以為什麼？」

「我念的是中文系，不代表我不會做買賣，所以我不做沒意義或沒價值的事情。」

「你認為的意義與價值在哪裡？」

在哪裡？貓咪說我如果不是喝醉了，就是我是白痴。可是現在我很清醒，而且我很聰明。

「在於看見妳。」

「……」她給了我一串的點點點，然後說：「你是不是認為我不死，你永遠不會開心？」

「閣下何出此言？」

「我老實告訴你，我今天下午的心情其實很差，心臟痛可能與這有關。」

「所以呢？」

「難道你認為你說的笑話可以逗我笑嗎？」

笑話?!我這樣誠懇說出來的，她居然認為是笑話？不用看鏡子我也可以感覺自己五官糾結得很難看，想不到郁芬居然死不相信，難道車禍那天我說的，她真的沒有聽見？

那天在東海麥當勞外面撞車之前，我是這樣說的：「聽風在唱歌，它在唱著對妳的告白，說它很喜歡妳。」

她是沒聽見還是聽不懂呀？就算這句她沒聽見，後來楊妮在醫院對我吼的時候，她也明明清楚聽見了呀，現在居然還認爲我在開玩笑？

我不知道郁芬今天下午爲什麼心情差，但是至少我看見她坐上那個金毛頭的車時，還是差點被幸福給淹死的，而且我可以肯定的是我現在極度不平衡，非常怨憤。

「好，讓我正式地跟妳說，郁芬，我喜歡妳。」

「抱歉，不信，你這個人讓我感覺很輕浮，所以講的話可信度眞的不高。」

「妳要如何才肯相信？」

「證明。」

我的呼吸急促，而且有點激動。倘若說我是因爲不敢告白而失去一段感情，那我承認是我沒種，如果我告白了而她拒絕，那我承認是她有眼光，所以看不上我，可是現在的情形實在太荒謬了，我這樣認眞，郁芬居然認爲我在開玩笑，這叫我情何以堪?!

「我該拿什麼去證明？」

「拿什麼都好，只要不是會噴出機油的咖啡機就好。」

她這句話讓我愣住了，然後我背後傳來一個聲音。

「跟她說，你能證明給她看。」

是貓咪的聲音，原來我洗完澡之後，回房間忘了關門，貓咪早已站在我的背後，而且可能也看我跟郁芬對話了很久，直到郁芬扯到咖啡機事件，他這才忍不住跳出來講話，而我看見他手上居然拿著之前紓雯給我的那一疊各明星國中的資訊，問他看這個幹嘛，貓咪說是因爲大便很無聊。

「去證明給她看。」他握著手上的資料，冷冷地說。

「好，我一定能證明。」我很堅定地打出這串字。

「可是證明了也沒有用，因爲我雖然沒有男朋友，但是已經有了喜歡的人。」

哇！我的心裡慘叫了一聲，張大了嘴巴，心裡有種一切枉然的感覺，她有了喜歡的人，那我還追個屁呀？

回頭看看貓咪，他雙手交叉在胸前，很權威地說：「我說一句，你打一句。」

「喔。」我點頭。

貓咪清了清嗓子，他說：「妳有喜歡的人，可是人家未必喜歡妳。」

我照著打了，貓咪又說：「妳喜歡的人未必看得見妳，可是喜歡妳的人，妳則的確沒認眞看過。」

我又送出這訊息之後，貓咪輕拍我肩膀兩下，他說：「告訴那個笨女人……我是徐雋哲，一個妳始終沒有認眞看見的人，我喜歡妳。」

我看見了貓咪眼中，非常攪局，但是絕對成熟的眼光。

留一絲眼角餘光，妳會發現，其實我一直在這裡。

隔天去接郁芬的時候，我多了一點動作。平常我會把車停下，讓她跛著走過來，今天我則是過去幫她提包包，結果我發現包包原來很輕。

「怎麼感覺沒幾本書？」

她用天眞無辜的雙眼看我，嘟著嘴巴說，她從國中開始就這樣，每天書包裡面，零食永遠比課本多。

「妳是去學校幹什麼的？」

郁芬沒有說話，乖乖爬上了車子。我也沒再多說，因爲我其實比她還要混。昨晚講完話之後，郁芬沉默很久，最後只簡短道聲晚安就離線了，留下我在電腦前，發呆了一晚上，一本《後現代主義》還停留在第二十九頁的開頭，昨晚睡前看的，是貓咪還給我的那疊資料，我大致看了一部分，才知道台中有哪幾家明星國中，也才知道資優班是幹什麼的。

就快騎到嶺東校門口時，郁芬忽然問我：「你今天要打工嗎？」

我說要，不過今天星期三，我下午有兩節課，所以六點才上班。

「你會乖乖去上課嗎？」

趁著紅燈時，我想了一下，發覺自己不懂她的意思。

「要不要去喝茶？」

喝茶？轉過頭去，郁芬對我說：「想去喝茶，所以看你要不要翹課。」

基本上我是不翹課的，即使我的學分已經夠多了，成績也不算差，但是我總覺得翹課是種罪惡。

把我的理念告訴郁芬，她聽完之後很火大地說：「不要每次跟你講什麼，你就跟我囉唆一大堆，一句話，翹不翹啦？」

我不知道我是不是很囉唆的人，我只知道「後現代主義流派與批判」的教授不會放過我，因爲我們又來到了「有一間咖啡館」。

點單的還是圓臉小紅，她用疑惑的表情看著我跟郁芬一起進來，而且很詫異於我竟然幫郁芬背著那個裝滿零食的書包，這個包包絕不會是我的，因爲上面掛著一隻很可愛的賤兔娃娃。

郁芬在點單時簡單地向圓臉小紅說了她受傷的原因，不過她很講義氣，沒把我給抖出來。

「多謝妳嘴下留情，不然我擔心妳這個忠心耿耿的好朋友在我的桂花茶裡面下毒。」

「她會的。」說著郁芬白了我一眼。

這是我們第三次在這家店見面，第一次是她撞見我跟紓雯在這裡吃飯，臉色奇臭，第二次是我解決她的國文危機，我們在這裡聊到了她的先天性心臟病，第三次，我已經幫她拿著包包走進來了，我感嘆著局勢的多變，覺得自己像個歷盡滄桑的詩人。

今天的位置跟之前略有不同，我們坐在店門邊，一面大窗子，可以看見外面，坐的也不是一般的椅子，而是很悠閒的榻榻米，這是店裡面唯一的日式座位區。

「這位置很棒。」郁芬說。

「嗯，非常好。」我點點頭，因爲我看見了外面有兩個辣妹走過去，坐這位置的好處，就是可以把所有經過的美女盡收眼底。

「以後我會選這裡坐，實在太棒了。」說著，我把喝了一口的水杯放下，郁芬用力拍了我的手，我趕緊把手收回來，結果身體晃動太大，我的頭還敲上了玻璃窗的窗格，痛得我眼淚都快冒了出來。

「笨蛋。」她笑了，很開心地笑了。「不要用那種眼神看女孩子，女孩是拿來用心呵護的，不是讓你拿來用眼光猥褻的。」

「那也要看這個女孩願不願意讓我呵護吧？如果她不願意，只肯在我生命中走過去，我很無奈的，當然也只好用我的眼光偷偷猥褻她一下了。」

「你這是什麼理論？你怎麼可以把自己色瞇瞇地去看一個女孩的事情，說得好像很理直氣壯似的？」

她生氣了，我在她搬出一大套女性主義理論前，搶先說道：「那妳咧？妳爲什麼不停下來讓我用心呵護妳？昨晚幹嘛那樣走開，直接下線？」

沒有什麼可以讓她閉嘴的，只有這一招。郁芬安靜了下來，她喝了一口水，也跟我一起看著窗外。

「我已經跟你說過了，我有我喜歡的人。」過了一會兒之後，她低聲說著。

「我知道，是那個染了一頭金髮的男孩。」

她訝異地看著我。

「不要把我當成白痴，直覺這種東西，也不是只有妳們女人才有，我可不是瞎子。」我說。

「你看到了我喜歡他，那你看出來他喜不喜歡我了嗎？」郁芬問我。

「這得問妳自己，因為感覺他的人是妳，我只感覺妳而已，他跟我則無關。」

郁芬皺起了眉頭，我看見她的嘴更嘟了，而且還對我露出可愛的小暴牙，以往見面，我們從未曾這樣面對面過，這還是頭一次，我看見她可愛的暴牙。

「妳覺得他不喜歡妳？」

打開了包包，郁芬拿出一個小皮夾，取出一張照片，遞給我之後，告訴我，那個男孩是她的學長，她都叫他「阿唯學長」。

「從我第一次進羽球社開始，就注意到這個人，他很體貼，也很成熟。」

又是「成熟」這字眼，我問郁芬，他的成熟是怎樣的。

「他很穩重、體貼，說話很婉轉、客氣，同時深思熟慮，做事果決，也有見地，不像某人……」當她說到某人時，眼光忽然瞄向我，這時的我還在搓著剛才撞到的腦袋瓜，同時眼睛正看著窗外的迷你裙辣妹。

「你知道怎樣的男人會吸引女人嗎？」

「我知道妳要說什麼，至少不是我這種的，對不對？」

「哼。」

怎樣做一個像「阿唯學長」那樣的好男人呢？我不知道，不過如果會連自己本來的樣子都失去，畫虎不成反類犬，那我還寧願維持現狀。

「其實喜歡他的女孩很多，未必能夠輪到我，只是我們在同一個社團，又住附近，他還是楊妮高中時的學長，所以那天在澄清醫院，他才會來看我。」

我聽她說著，聲音愈來愈小，感覺幾乎要有一滴眼淚從她眼角流出來似的。

疼惜一個女孩，對男孩來說，是天經地義的事，更何況，這女孩還是自己喜歡的人，不過我沒有拿出面紙來給她，因爲這時圓臉小紅走了過來，她把飲料送上來。玄米奶茶送到郁芬面前時，小紅是親切可人的微笑，她說：「雲凡姊妳喝喝看，我有加奶，而且少冰，妳應該會喜歡。」

而她把桂花茶遞給我時，則橫眉豎目地說：「我把洗馬桶的鹽酸加進去了，不信你可以喝喝看。」

這兩句話，讓郁芬笑了出來。她說小紅是她網路個人板的讀者，也是交情很好的朋友，所以我們之間發生過的事情，小紅大部分都知道。

「我知道他不會喜歡我，昨天也是他剛好順路，才會過來接我。」郁芬苦笑著說：「或許跟你講這些不適合，不過我也沒有太多朋友好讓我倒垃圾，你不介意吧？」

我笑著搖頭。

「我對朋友的要求不高，只要能倒垃圾就好，所以我也可以聽你講你的事。」

郁芬喝了一口奶茶，又跟小紅招招手，點了一份蜜汁豬排飯。

「你要不要吃點東西？這裡的豬排飯很棒。」

我搖頭，因爲我腦袋在想著關於朋友之間互相倒垃圾的問題，沒時間吃飯。

等餐時，我們安靜了片刻。小紅先把餐具送上來，這裡的筷子是木製的，外面用竹編套子裝著，非常有創意。

我不時偷眼看看這個一臉稚氣的女孩，心裡也納罕著，她其實不是辣妹，也沒有什麼成熟女子的媚惑之處，但我卻喜歡她。

昨晚的告白有用嗎？可能有，不然我們不會在這裡喝茶。郁芬像第一次我們在麥當勞時一樣，用很澄澈的眼光望向窗外，偶而喝口水，玩玩桌上的筷子跟湯匙。一切美好的感覺，直到餐點送上來時才破滅。

我說：「我是妳的朋友，但是我不想當妳的垃圾桶。」

我說這話時，郁芬拿起竹編套子的筷子，在胸前搖晃著，而小紅走到桌邊來。

「因爲我希望，跟我在一起，能夠讓妳永遠沒有心裡的垃圾可以倒。」

我承認我說得很肉麻，不過那無所謂，因爲小紅很小心地把飯放到桌上，她沒有聽見，但是比較糟糕的，是郁芬也沒有聽到，她居然把那筷子當成寶劍，左手握住封套，右手握住筷子的尾端，很大俠式的，縮著肩膀，對著我們，咻地抽出筷子，還叫了一聲：「哈，看劍！」

29

繼續當妳的大俠吧！我就喜歡妳這沒垃圾的樣子。

「大俠」讓我了解到，原來腳傷跟逛街是兩碼子事，從咖啡館出來之後，她很興奮地在藝術街上晃著，每家店幾乎都要進去逛。我問她腳傷會不會有影響，郁芬說：「會呀，有些東西擺得太高，我就不敢墊腳尖去拿了。」

我覺得如果要讓她安靜休息的話，最好的辦法是讓她坐輪椅，這樣才能困住她。

一到補習班，阿澤先生的臉色很臭，我偷偷問同事，才知道阿澤先生可能要被調職了，理由是這個分班的學生人數始終沒有提昇，大老闆很不滿意，聽說中午來視察，還跟阿澤先生大聲說了幾句話。

「我看小鱷可能又會找你出氣，自己小心點，不要被咬了。」同事好心地說。

我把今晚的課程講義先準備好，並且紀錄上課進度，就看著阿澤先生來回踱著，踱到我附近時，便若有所思地看看我，然後又晃了開去，簡直像個幽靈似的。

我想打電話給紓雯，了解情況，可是阿澤先生老是在我附近瞎逛，所以始終沒機會。

「徐老師。」

這次我很快反應過來，整個人還跳了一下。

「你過來一下。」阿澤先生對我招招手，要我進去主管辦公室。

同事們一副幸災樂禍的樣子，也有人對我做出合十禱告的動作。

「徐老師。」他讓我在沙發上坐下。「我記得紓雯說過，這是你第一個補習班工作。」看我點頭，他又說：「我有一個點子，需要你幫忙。」

阿澤先生是不是警匪片看太多了，還是眞的被大老闆逼瘋了，居然對我說，希望我可以到本區幾家大型補習班去應徵工讀，趁機偷取一些人家招生與管理的訣竅，說不定還可以弄到對方的教材，拿回來做參考，這叫作知己知彼，百戰不殆。

我很想跟他說，要不要我乾脆一把火把他們都燒了比較快，還知己知彼咧，簡直侮辱了孫子兵法。

「這個計畫是我早上想的，你覺得怎麼樣？」

能怎麼樣？我一臉白痴地傻笑，不曉得該說什麼好。

「事情有點急迫，因爲我們這邊最近壓力大了點，要快點想出辦法來。」

我說這件事情有點難辦，希望可以給我一點時間考慮。

「最多三天，好嗎？」他殷切的鱷魚臉讓我很想開扁。

走出補習班，今晚的風很涼爽，但是吹得我一臉的熱。

當間諜，這是很怪的任務，尤其只因爲我是補教業新面孔的理由讓我感到可笑，不過這會不會是一次非常特別、而且難得的瘋狂經驗呢？

紓雯不這樣想。

「有這必要嗎？」電話中，紓雯說她正在吃消夜，我說完今天的事情，她質疑著阿澤先生的計畫。

紓雯說，根據資料，這個月阿澤先生的分班學生人數增加最少，而且成績平均也偏中下，大老闆很不高興，要阿澤先生提出改進計畫來。

「我哥是那種一板一眼的人，如果過陣子還是這樣，大概就會撤換分班主任了。」

撤換分班主任？我忽然有種看好戲的心情，如果他被撤換了，是否我的苦難就結束了？那我還應該幫他去做間諜、幫他保住地位嗎？

「你要好好想一想，這種事情很不道德，而且一旦被揭穿了，對你、對補習班的名聲都有傷害，我也不認爲狀況已經到了這麼糟的地步。」

一邊講電話，我一邊慢慢騎著機車，一路騎到了我們公寓。

「你好好考慮，記得，我是反對的，尤其反對是『你』去做。」

將車子熄火，我坐在車上享受春夜晚風吹拂，紓雯聊起了她最近工作的心得，大致上還是之前提過的，不滿意目前的現況。

「至少這個分班的問題，可以當作挑戰吧？」我說，補習班最大的問題，不就是招不到學生嗎？

「那算什麼問題？多花點錢請名師，榜單下來之後，一公佈出去，問題不就解決了？」

「那爲什麼小鱷還要我去當間諜？」

「他只是窮緊張了點而已，這個人的個性就這樣，你又不是不知道。」

掛上電話之後，我覺得腦袋一片混亂，仰起頭來，看看好久沒有看過的天空，卻發現一顆星星也沒有，只有都市的霓虹，把天上像雲一樣的廢氣染成交錯的紅黃而已。在我還想繼續分辨這片廢氣雲的顏色複雜程度時，電話又響了。

「喂。」

「救命呀！」

救命？紓雯不是在吃消夜嗎？吃到喊起救命來了？

「妳沒事吧？」

「我在大甲迷路了啦！鬼打牆了是不是呀？」電話中那女孩哀叫著。

這聲音我也很熟，不過爲了確定一下，我還是看看手機螢幕，現在跟我講話的，是郁芬。

「斷了腿的人妳跑去大甲幹什麼？還在大甲迷路？」

郁芬很懊惱地說，她下午翹課，自己坐公車，想去台中大甲買芋頭酥，結果到了大甲之後，她一出車站就迷路了，一個瘸子在大甲鎮逛了半天，好不容易逛到有名的鎮瀾宮，在旁邊買了酥餅之後，居然又逛不回車站了，現在人還在鎮瀾宮外面的便利商店。

「現在已經晚上十點多了，妳怎麼逛那麼久？」我很懷疑，大甲其實不大，隨便逛都能逛到車站的，怎麼她走了五六個小時，還在大甲市區？

「我……」

「妳什麼？」

郁芬吞吞吐吐地說：「我又去逛了一下街呀……」

除了搖頭，我想不出一句成語可以形容我的感覺，也找不到話好對她說。郁芬解釋著說她平常不會這樣，是因爲今天難得翹課，她又很久沒吃到大甲芋頭酥了，所以才忍不住會幹這種蠢事。

「聽著，我親愛的大俠。」

「怎樣，你不要罵我啦！」她急著說，聲音裡幾乎要帶著哽咽了。

「我不罵妳，妳現在進去鎮瀾宮，找張椅子，坐下來吃妳的芋頭酥，我現在過去救妳。」

「眞的嗎？」

「眞的。」我冷靜地說。

我覺得自己很無辜，從一開始就這樣，被誤會是無聊人而設了板壞，在麥當勞表演狗吃屎，到現在還要爲了這個我喜歡她而她卻不喜歡我的人跑一趟大甲。

忽然，我想起還有那台不幸的咖啡機，於是我抬頭往上看看，結果，頭都還沒抬呢，有塊鐵片不知道從哪裡飛出來，忽然在我正前方落地，發出「鏘鋃」大響。

我被這鐵片嚇了一跳，抬頭不見異狀，於是過去撿起這塊大約跟CD片一樣大小的鐵片。

這種鐵片我很眼熟，那是電機馬達的零件，以前我也常常玩這種東西，而且依據我們的習慣，還會用電烙鐵在上面燒上自己的名字。我很納悶地拿出打火機，點根菸，也就著火光看了一下。

上面有兩個字：「貓咪」。

我沒有上樓，因爲我不敢想像樓上又發生多大規模的意外，居然可以讓馬達整片整個飛出來，還這麼巧地落到我的面前。

貓咪，你一定要好好活著，我會帶著芋頭酥回來看你的。

30

全世界像約好了一樣的同時混亂，而我選擇先去接妳。

就算是春天，晚上十一點騎著機車往海的方向飆，也還是很冷。小凌風的心臟似乎又快不行了，這年頭想在街上看見小凌風已經很難了，我還每天騎著它東奔西跑的。

沿著中港路，到了沙鹿鎮上，我又打了電話給郁芬，確定她人在鎮瀾宮裡，然後才繼續前進。

她爲什麼不打電話給那個很「成熟」的阿唯學長？爲什麼還是找我？這不是一個很棒的理由嗎？讓自己跟心愛的人有相處的機會。

晚上的鎮瀾宮很熱鬧，大概是爲了三四月媽祖繞境在做準備吧，沒有想像中的寧靜。我把車停在廟旁的7-11，然後點了一根香菸。

一路上我想著補習班的間諜計畫、紓雯的建議，又想著貓咪從樓上飛下來的馬達墊片，不知道爲什麼世界會亂成這樣子，而且最扯的，是我居然在往大甲的方向前進，北屯到大甲，二十幾公里！我一定是瘋了才會這樣。

廟裡有兩個陣頭，正在練習著類似八家將的步伐。我向來都很喜歡看廟會，不過現在卻一點心情也沒有，因爲我看了一下四周，並沒有找到我要找的人。

「斷腿的大俠，妳人在哪裡？」我打電話給她。

郁芬說，她在對面的小吃攤。這個「對面」，距離廟有一百多公尺，如果不是我們一起車禍、一起去醫院，說她腳傷，還眞叫人不相信。

我走到蚵仔麵線攤子的時候，她剛剛把最後一口湯喝下去，用很無辜的眼神看我。

「我一點都不覺得妳像個迷路的人。」我說。

「迷路的人不能吃飯嗎？我今天都沒吃飯耶！」她很認眞地回答，可是我看見她旁邊的芋頭酥盒子已經拆封。

「沒吃飯是因爲妳吃了很多芋頭酥的關係吧？」

她皺起了眉頭，當然也嘟起了嘴，拿出底下的一盒，說那是給我的。

不曉得應該用什麼表情才好，我把那盒芋頭酥放進袋子裡，替她付過了錢，回頭，郁芬正慢慢地站起來，她的腳踝包著藥，起身比較困難，我想過去扶她時，她已經扶著桌子起身了。

夜涼如水，我們安靜地走出來，大馬路上的攤販還沒收完，幾個在營業的攤子，都是賣些零食的，郁芬很好奇地觀望著。

「妳不會還想吃吧？」我冷冷地說。

「嗯嗯，我看看，看看，先看看。」

她根本沒注意到我冷冷的眼神和語氣，拐著腳，不斷張望著攤子所販售的食物，露出小孩子的企盼表情。就這樣，短短的百來公尺，她買了醃芭樂、滷雞腳、甚至還有炸薯球，每買一種東西，我就從我的口袋裡面掏出一次錢來替她付帳，感覺上我像一個國小三年級小女孩的爸爸，帶著女兒逛夜市似的。

「如果這是妳看看的程度，那哪天妳眞的餓了還得了？」

「我是傷患耶！多吃點是應該的。」她瞪我一眼，手上一大堆零食捧得好緊。

「我也是呀！」舉起我還包著紗布的左手給她看，結果她居然在我傷口上拍了一下，讓我痛得差點哭出來。

上了車，我載著郁芬先去逛了一下市區，讓她知道車站的位置，郁芬問我對大甲爲什麼這麼熟，我說以前常來。

「你以前來幹嘛？」

「絕對不是來買芋頭酥的，放心吧，跟妳不一樣。」

氣得她在我安全帽上面用力拍了一大下。

我告訴郁芬，大甲對我來說是很有紀念價值的地方，因爲我的初戀情人就住大甲，那是我高工時候的事情。

「後來呢？」

「哪有什麼後來？如果還有後來的話，哪輪得到妳坐我車上？」

「坐你的車很了不起呀？哼。」

「不然妳可以不要坐呀，打電話叫妳的阿唯學長來接妳呀！」

這句話一說出口，我立即就後悔了。郁芬安靜了下去，我也找不到話好接，沉默中，我已經騎出了大甲，慢慢地往清水方向回來。

「我跟她交往了兩個月，然後分手，因爲她不確定我是不是最適合她的人，就這麼簡單。」等紅燈的時候，我沒有別過頭去，只喃喃自語般地對郁芬說著這段八百年前的往事。「其實誰適合誰的問題，並沒有絕對的模式可以判定，這只是感覺而已，所以或許妳認爲某個男孩會適合妳，而某個男孩不適合妳，但那是妳的看法，未必是別人的看法，我承認我對妳有企圖，所以我剛才說話過分了，對不起。」

說完剛好綠燈，我又慢慢往前騎。晚上的公路很安靜，偶而會有快速行駛的車輛超前過去，而大部分時候，只是一片死寂。

道歉之後，我覺得自己好過了點，但是郁芬似乎還無法接受，她始終沒有出聲音，手則好像在翻弄著些什麼。

我又說了一次對不起，很難過自己剛才失口胡言，難道惹得她哭了嗎？我猜想她是在找面紙吧，於是我放慢速度，想從自己的口袋裡掏出面紙來給她。

「啊！死了啦！」郁芬忽然大聲尖叫，嚇得我手趕緊縮回機車把手上面，車子亂晃了兩下，我急忙用腳踩著，緊急煞車才停下來。

「怎、怎麼了？」我驚慌地問。

回過頭，郁芬的表情極度難看，她哭喪著臉，用力垂打我的肩膀，大聲說：「都是你雞婆啦，幹嘛一直替我付錢呀，人家的錢包放在麵線店啦！」

原來她在等我時感到肚子餓，一個人走到麵線店去吃麵線，因爲是吃完才付錢，所以她把錢包放在桌上預備著，但哪知道我來了之後便直接爲她付帳，而我們的注意力又一直在芋頭酥上面，所以走出店門時，她竟然也忘記了自己錢包沒拿，更糟糕的，是一路上買了零食也是花我的錢，所以她到現在才發現。

「怎麼辦啦，一定不見了啦！」郁芬的眼角已經擠出淚水來了，問她裡面多少錢，她說大約有兩三千元，可是證件都在裡頭。

像這種時候該怎麼辦？我想天底下的男人都是一樣的，會立即掉轉車頭，朝著原路飛回去。必須再強調一次，這一晚眞的是夜涼如水，水到有點冰的那種水。我把小凌風當成法拉利，一路朝著大甲方向飆過去，要藉這個機會證明什麼嗎？沒有時間管這種無聊事情了，我只想幫她找回錢包而已。

「算了啦，你騎慢一點，不見了就算了啦。」

我騎得很快，即使在過彎道時也沒有減速，只是將整輛車傾斜，滑了過去而已，我知道她也很急，所以我也會很急。郁芬也許是很擔心吧，她的手從後面移過來，抓住了我的衣角。

「去看看，希望還來得及。」我說。

「阿哲……」

我沒有回答，把她的手拉到我的腰間，讓她扶著我的腰。車子在飛，我的心也在飛。

我不能爲妳做什麼，只能在乎妳的每一個在乎。

「有二十四小時的超商、全天候的加油站，也有不打烊的眼鏡行，爲什麼沒有老闆不睡覺的機車店？」郁芬問我。

沒有回答，我現在比較關心的，是小凌風。把油門加到底，我們聽見了海風的呼嘯，在省道轉進大甲鎮時，差點撞上了從岔路中竄出來的砂石車，郁芬尖叫了一聲，手緊緊束住了我的腰。我沒有煞車，卻加速地從砂石車的正前方衝過去，對方刺眼的大燈，化成兩道銳利的光束，我們囂張地穿越了光，也闖過了紅燈。

麵線店的老闆像是知道我們鐵定會回來似的，坐在門口的板凳上等著。從他手中接過皮包的瞬間，彷佛也接過了濃厚的人情味，我很感動地道謝，感謝他熬夜等我們回來，老闆瞇著眼打了個哈欠，笑著說沒關係。

「海線這邊其實很有人情味嘛！」郁芬說著。

「嗯。」

「這年頭很難找到這麼好心的人了耶！」

「嗯。」

「你在生氣嗎？」

「我在想事情。」

郁芬問我在想什麼，我把車速放慢，叫她注意聽車子的聲音。

「我在想，我的小凌風是不是也很有人情味，想知道它會不會也很好心地讓我們平安回家。」

車子的引擎像是卡住了，不斷發出怪聲音來。郁芬還沒懂我的意思，正要解釋我的徐式幽默時，小凌風就斷氣了。

於是我們窩在打烊的檳榔攤前面，眼見我的寶貝古董車陣亡，現在是晚上十二點半，是一個非常適合「求救無門」這成語的時間。

「對不起，是因爲剛才騎太快了對不對？」吃著醃芭樂，郁芬問我。

天空很平靜，今晚應該不會有雨，這可能是唯一比較幸運的。

「再往前點，看有沒有便利商店吧，如果有，至少亮一點，比較沒有蚊子。」說著，我又拍死了一隻。

「手會不會很痠？要不要休息一下？」

我覺得她今晚會特別溫柔的原因，跟我這樣熱心來搭救她，而且還把小凌風給操掛了有關，想來是覺得內咎吧！

「我還好，妳的腳能走嗎？」

她點點頭時，塞了一顆炸薯球進嘴巴。

印象中最近的便利商店應該在大約兩公里外，我很擔心郁芬的腳，不過她則擔心我受傷的手能不能推得動車子。兩個半殘廢的人，在半夜推著機車，是非常可憐的事情。

又走了快半小時，我覺得受不了了，轉頭對她說：「講點話吧，這樣好尷尬。」

「會嗎？」

我把車子停好，點了一根香菸，對她說：「妳可以吃妳那一大包零食，嘴巴忙得要死，所以妳無所謂，我可不一樣，我總不能一直抽菸吧？」

「那，不然你要吃嗎？」

我覺得這是個錯誤，我們像是不同星球的生物似的，難以溝通，我覺得很怪，所以希望她講點什麼，結果她盡問些怪怪的問題。

「欸。」

「幹嘛？」

她拖著腳步在我後面，忽然叫住我。

「你會不會覺得我很煩？」

「不會。」

「噢。」

這樣就結束了一個話題。過了大約十分鐘，她又開口了：「那你會覺得我很囉唆嗎？」

「不會呀。」

「噢。」

這兩公里的路上，我說了大約二十次的不會，她則從她的個性問到她的長相。沒有對答時，我則在想著，這是她的眞面目嗎？脫去了網路的保護，面對面的時候，這就是郁芬最眞實的樣子嗎？捍衛女性主義的強者姿態不見了，自我專斷的霸道也不見了，現在的她，是跟在我後面，走起路來有點跛的女孩，像個做錯事的小孩，她低著頭乖乖走著。我很想丟了破機車，回過頭去給她一個擁抱，然後背著她，一路走回台中去。

「肚子還餓嗎？妳要不要吃芋頭酥？」這次換我問她。
「不要了，那些是留給楊妮的。」
我跟她說，她可以吃原本要給我的這一盒，郁芬說不要。
「你吃過宜蘭鴨賞嗎？下次我去買回來請你吃，要不要？」
「妳很喜歡出去玩？」
郁芬點點頭，她說她沒有遠大的抱負，如果有，大概就是走遍全台灣，到處去看看、去吃當地小吃而已。
「很幸福的夢想。」
「如果我有命的話，我就會走完全島的。」
如果有命的話，我想起她的心臟病，頓時無言。
「你呢？你不是有很多夢想？不是很想當個不平凡的人？」
除了微笑之外，我沒有可以說的，因爲我的工作非常無關夢想，甚至還很窩囊，我說：「我現在是補習班的專業工友。」
「上次那女孩呢？很欣賞你的那一個補習班的美女呀，怎麼她沒有幫你嗎？」
「我不喜歡靠別人，因爲路在我腳下，而腳在我身上。」
「那下次我要徒步去環島時，你的腳要不要一起去？」
停下了車，我回頭對郁芬微笑。「只要妳不要又忘記錢包，害我得要用跑的回去找，那我就跟妳去。」
最後我們依然沒有找到便利商店，卻走到了一家二十四小時的加油站。坐在加油站的外面，我檢視自己腳上被蚊子痛咬的地方，居然有十幾處。而且因爲兩手使勁推車，我左手的傷口竟然迸裂了，血又流了出來。

「這是誰綁的繃帶？眞是難看又不專業。」郁芬幫我拆繃帶時，皺著眉問我。

「不要計較，貓咪能綁這樣，我已經感動得要去謝天了。」

她笑著幫我拆開，發現貼著傷口的美容膠底下，已經一片血水了，而且還都從美容膠的邊緣滲了出來。

向加油站借了簡易的急救藥品，郁芬幫我重新包紮，我看著她專注的眼神，不免心盪神馳。

「你看什麼？」

傻笑，我沒有回答。

「你怎麼會去買美容膠？這麼愛漂亮，怕留下疤痕呀？」

這問題讓我原本遊蕩的心思，在瞬間被扯了回來，我想起了那一晚，在第一廣場前面，給了我美容膠的那女孩，她對著寂寞的大樓，指著我，說她暗戀我。

「妳會去對一個妳暗戀的人告白嗎？」

「什麼？」

「如果妳對一個人有感覺，妳會讓他知道嗎？」

「爲什麼這樣問？」

我說沒有，隨口問問罷了，抬頭，燈光讓我看不見星空，可能因爲沒有星空，所以我也看不清楚未來的種種，只感覺今晚的風，很像那一晚，紓雯談著夢想時的風。

「要我去對一個我暗戀的人告白，這有點難，因爲我不認爲我會有那個勇氣，除非，有特別的原因吧。」

郁芬將我手上的繃帶纏好，說：「最近心臟常常莫名其妙痛了起來，我想過平凡的日子，不過老天爺卻好像想讓我活得像日劇女主角一樣特別，特別早死的樣子。」

現實永遠比想像的殘酷，妳的眼睛這樣說。

32

「生命對我來說其實不是那麼重要，只不過因爲我的可能會比人家短暫，所以我更會想要把握，趁著它悄悄溜走前，多去一些地方，多寫一點想寫的感覺。」郁芬說她最想去的地方，是一個叫作普羅旺斯的城鎮。

「那在哪裡？」

「法國。」

法國？我跟郁芬說，連台灣都沒有玩完，到法國去幹什麼？

「因爲我怕感覺不到靈魂飛出身體的感覺，所以我想去感覺一下身體飛出國境的感覺。」

不想讓她老是提這些悲觀的事情，所以轉個話題，我跟她說，我最想去的是日本北海道，想去看看滿天的風雪，還想在風雪中，痛快地吃一碗道地的拉麵。

道地的拉麵長什麼樣子，我只在電視上看過，而同樣與日本有關，原子彈爆炸之後是啥樣子，我則在打開公寓之後，看見了模擬的世界。

一團混亂，到處都是殘骸，還有一堆燒焦的痕跡在陽台。我得小心翼翼，才能避免踩到碎片。

「你回來啦？」貓咪剛從浴室走出來，臉上還有沒洗乾淨的油污。

「這是怎樣，你在客廳研發核彈嗎？」把芋頭酥扔給他，我從地上撿起一顆只剩線圈的馬達，很狐疑地問。

他說這是登入世界名人堂的必經之路。昨晚我在樓下撿到鐵片之前的十五分鐘，就是爆炸發生的時間，炸完之後，他一個人在陽台懊惱了一刻鐘，然後憤怒地把那塊馬達墊片砸下十七樓，正好落在我的面前。

咬著芋頭酥，他問我昨天去了哪裡，居然一夜沒回來。我沒有回答，只跟他說：「我爲了在你名列世界名人堂之前先脫離處男之身而努力。」

「喔？成功了嗎？」

「不急，」我看看地上的殘骸，笑著說：「反正照情況看起來，你的夢想也沒那麼早實現，急什麼？」

昨晚我和郁芬在加油站耗到天亮，來上班的早班加油員，其中有一個他家隔壁是機車行，所以很好心地幫我們聯絡。經過車行老闆的檢查，原來是變速箱的皮帶因爲年久失修而斷裂，換過之後，果然一路暢通到台中。海線人熱心且富人情味的說法，又再次印證。不過這個印證，也花去了我身上最後的現金，郁芬的嘴嘟得更高了。

「不要裝無辜，妳裝無辜也不會改變事實。」

「那，不然呢？」

「請我吃早餐吧！」我說。

如果這樣想的話，我會比較寬心一點：才花八百多塊錢，我吃了一頓很豐盛的永和豆漿，而且是跟我喜歡的人一起吃，其實一點都不貴。在東海吃完早餐之後，我把郁芬送回家，還約了中午見面，我再送她去上課。

有時候換個角度想，這種感覺還算是幸福的，能夠每天接送自己心愛的女孩，那是一種快樂。看著她進了大樓電梯，電梯門關上時，我對自己說，或許我只能做到這樣子，或許我始終不能像那個阿唯學長一樣「成熟」，但是至少我可以做得比他多一點，因爲我沒有很多女孩喜歡我，也沒有太多的旁務，打工、念書之外，我只需要做到一個優秀的司機的本分就夠了。

「這樣你就滿足了？」貓咪問我。

把郁芬爲我重新包紮的左手抬起來，我炫耀給貓咪看，「這是一種幸福。」

「這幸福很簡單嘛，你要的話，我可以給你機會，以後上下課你載我，怎麼樣？」

貓咪叼著芋頭酥，還把碎片掃給咪咪吃，我忽然驚覺，原來我要的幸福竟如此簡單。早上六點五十分，台中市正在清醒中，我好像忽然也跟著懂了一點什麼，心裡有點豁然開朗。

阿澤先生說，那個間諜計畫暫時不急了，因爲大老闆現在的目光，正集中在彰化市場，他在跟彰化幾個補習班競爭著海線一帶與彰化接壤的地盤，這裡的學生有的來台中補習，有的去彰化，算是競爭最白熱的地方。

「你看看，這就是我們老闆雄才大略的地方，這是白刃交接，直接搶學生了。」

他的表情很興奮，我分不出來他是在慶幸自己逃過一劫，還是在向我吹噓補習班事業的值得投入，總之我一點興趣也沒有。

今天中午我的心情相當好，因爲上班前郁芬跟我說，找個時間，希望一起去水里玩，她很久沒回家了，這次腳傷的事情，她家人相當擔心，所以會挑時間回去一趟，如果我很想吃免費的水里冰棒，可以趁她在家時去買。

這代表我們是好朋友了嗎？當我發覺，不必靠惹毛她，也能吸引她的目光時，我是開心的，開心到連阿澤先生叫我這只剩一隻手的人去打掃兩間大教室時，我都還帶著笑容。

眞正讓我傷腦筋的，不是怎樣用一隻手去清理兩間大教室，而是到了晚上，紓雯過來分班時，所帶來的難題。

晚上紓雯面色凝重地來找阿澤先生，說大老闆還是很在意這裡的問題，關於分班業績與成績的提昇，同樣要他在限期內改善，一個月內沒有成效，他會被列入觀察，兩個月內改善不佳，他的年終分紅會比工讀生還少，三個月沒有達到總班的百分之七十，他就得重寫履歷表了。這是阿澤先生的問題，但同樣也是我的問題。紓雯才剛走，他就又把我叫進主管辦公室，又提了一次間諜計畫。

「我們要共體時艱，這是團隊精神的表現。」

團隊精神？我瞄了他一眼，心想：這時候你就會提到團隊精神了，那我一個人在那邊刷教室牆壁時，你怎麼又在旁邊啃著雞排？

當間諜，萬一出了事情，倒楣的是我跟補習班的名聲，補習班很有錢，不過我想大老闆應該不會費心替我擺平麻煩，他可能只會花錢幫自己掩過飾非，而且我頂頭上司根本就是一副想看我出包的樣子，爲他賣這種命，眞如紓雯所說，我愈想愈不值得。

「徐老師，你怎麼了？」看著我愣愣出神，阿澤先生叫我。

沒有理他，我搖搖手叫他閉嘴，心裡想的，是遙遠的五十多年前，那個糟糕的年代。

「徐老師……」

「你知道共產黨是怎麼打下江山的嗎？」

「什麼？」

「搞點跟老共一樣的把戲吧！」我忽然這樣說。

自己跟自己玩，有時候可以玩出很多心得來，正所謂商場如戰場，不要把自己想成工友，要把自己當成諸葛亮。這是早上貓咪站在一堆殘骸中間，嚼著芋頭酥時說的話，我只是稍微更動一下而已，他說的是：「不要把自己當作無知的死大學生，要把自己當作比愛迪生更屌的科學家。」

不用去臥底賣命，我也可以想出辦法來，解救阿澤先生這一次的致命危機。我翹起二郎腿，在主管辦公室裡，一副運籌帷幄之中的軍師模樣，就只差沒有握把羽扇在手上、叼根煙斗在嘴上而已了。

顛簸生命的往往不是遭遇，而是愛情。

我對國共內戰的知識，大部分都來自於「聽說」，不過這已經比貓咪好了，他到現在，可能連長江跟黃河的南北位置都還得翻地圖。

阿澤先生也挺糟的，他是補習班的高階管理人，可是他連「無產階級革命」這字眼都沒聽過。

「我們補習班跟家長之間，向來是採用電話聯絡的，對吧？」

阿澤先生點點頭。

「我們總班與分班的課程其實一樣，只有國一到國三的班，按科教學，對吧？」

他又點點頭。

很久以前，紓雯曾經給過我一份台中幾個明星國中的資料，裡面提到一個名詞，叫作「資優班」，有些國中或高中，都有設置「資優班」，有的是數理，有的是語文，這是一種讓學生專精的教育方式，也是學校的招牌。

我問阿澤先生，我們補習班可曾針對這些資優班學生做過強力的招生動作。

「沒有，通常這些小孩子都已經有固定的補習班了。」

「去搶吧！你不是說那種白刃戰的搶學生動作很精采嗎？」我說：「大老闆在搶中彰邊界的學生，我們去搶台中市本地的。」

我出了一個主意，叫他去弄來這些國中資優班的學生資料，然後做進一步的拜訪。

來。

「花點錢，準備點小禮物，考試攻略也好，不然一些文具也好，一一去拜訪。」

共軍之所以能夠做到有效滲透，是因為他們利用了農民百姓，從根本底下去著手。與其花大錢印旗幟、擺攤位，還不如準備點東西，直接登門拜訪這些學生與家長，去把他們的心挖過來。

「可是課程方面就需要跟著調整了。」

「調整課程，總比調整你的年終分紅好吧？」

看著阿澤先生的錯愕表情，我說：「課程可以跟紓雯商量，我們開新班，做國語文資優班與數理資優班的授課，課程一定會難一點，這是專門為這些學生準備的。讓他們知道，來這裡補習，我們有更強的師資與教材，專門提供他們的需要。」

離開主管辦公室的時候，我都覺得自己走路有風。阿澤先生很高興地拍拍我的肩膀，說我是可塑之才，果然當初紓雯把我介紹給他是介紹對了，我很想跟他說：那下次我在刷牆壁時，可不可以請你不要再在我旁邊吃雞排給我看？

回到櫃檯，我沒理會同事們納悶的眼光，逕自拿起今天國二英文班的考卷，開始批改。

戰爭就是這樣開始的，不過那已經不是我的戰爭了。三天之後，我看見新的傳單樣本，我們真的要開資優班課程了，聽說聘請了台北的名師來授課，無論各國中使用什麼教材版本，老師都能兼顧，還互相引申。而且延續我的創意，我們不只招收原本資優班的學生，也歡迎一般班級中，成績優秀的學生來參加。

在機車上想出來的鬼主意，卻在補習班掀起了軒然大波，不過我可以肯定，阿澤先生沒有把這主意出自於我的消息透露出去，否則紓雯不會這樣問我：「他真的派你去當間諜了嗎？還是他用了什麼辦法？怎麼會想出這樣的主意呢？」

我問紓雯，這辦法是否可行。

「是可行，開這種班，我們在台中不是第一家補習班，之前就有人做過了，不過也沒有做到這麼誇張的，居然挨家挨戶去拜訪。」紓雯說，他們打算把這種班次當作招牌主打，要積極推動。

我在考慮是否要對紓雯說明，這點子其實是我想的，她很開心地說著這個計畫，可能也會被大老闆採用，運用在彰化地區的競爭策略之上。

下午六點半，阿澤先生要我到總班去拿最新的傳單樣本時，恰好遇見要去吃晚餐的紓雯，於是我們一起溜到了台中四維街的春水堂來。

「新課程招生動作順利嗎？」我笑著問紓雯。

「嗯，事情早點完成，我就可以早點實現出國的計畫。」

有點訝異於紓雯還存有著出國的打算，問她關於這方面的事情，她說想去紐約。紐約與普羅旺斯，對我來說都一樣的遙遠而且陌生。不過我知道，一個是現代性極強的大都會，另一個則是非常優雅的城鎮。

「預計多久要走？」

「把補習班的幾件大事辦完，能早點走就早點走。」紓雯說，她怕又拖下去會走不了。

「拖下去？」

「在乎的、放不下的都太多了，踩在泥濘中的人，怎麼走出自己的足跡？」

走在路上，我回想著紓雯的話。

踩在泥濘中的人，腳下的泥濘是什麼？是我嗎？是她的工作環境嗎？她想要的，是一個可以展翅高飛的機會，一個實現自己才能的機會，那裡是紐約。

當與郁芬的關係逐漸好轉，已經可以讓我不再提心吊膽的時候，再回過頭來看看我與紓雯之間，卻發現自己其實一點努力也沒有，我想我不是那種可以同時愛上兩個人的人，也如阿澤先生曾說過的，我跟紓雯之間距離還很遙遠，就算不計較地位與收入，我的想法與行爲模式，跟紓雯比起來也還頗有差距。

我想把我的這種想法告訴她，卻始終提不起勇氣來，這才知道，面對許多平常事都可以坦然的人，未必就可以面對得了一個愛自己，但自己卻不愛的人。

「我有個大我三屆的學姊，她現在人在紐約，待一個外貿公司，相當需要通中英文的助手，我在考慮著。」當她說到「考慮」兩個字時，眼光直盯著我，那種感覺讓我很難過，難過是因爲我很想鼓勵她去飛，卻又不忍心看她帶著心裡的傷飛翔。

我是風，但我吹不到紐約。

34

一直沒想過，會是在這樣場合下，跟那個「成熟」的阿唯學長再見面的。

貓咪說想買組新的喇叭，回來組裝在他的音響上，所以我們騎著機車，逛到台中市的電子街來。我們把機車停好之後，貓咪遞給我一張清單。

「等一下我去買喇叭，你去張羅這些東西。」

我一看那張紙條，居然是一堆日本AV女優的名字。

穿過巷子裡的巷子，才走到貓咪指點的地方。一個小店面，擺張桌子，旁邊圍了一群人，全都是男的。湊進那群男孩之中，我看見桌上有兩大本活頁夾，裡面全都是色情光碟的封面介紹。

把紙條遞給一個模樣像是老闆的年輕人，他點點頭，拿了十幾片光碟給我，旁人見我一次大量買進，都不禁嘖嘖稱奇，我想高喊說這不是我要的，不過我猜一定沒人會相信。接過找錢，我把光碟塞進小包包裡，正想夾著尾巴逃離現場時，卻瞥見一顆金黃色的頭，他在我擠出人群時，正從另一邊靠了過來。

我的身高有一百七十公分，而那顆金毛頭則有大約一百八，太陽照得它反光發亮，非常顯眼。這種顏色的頭髮我見過兩次，不只刺眼，而且還刺痛我的心。

那個金毛頭的模樣很痞，他穿著很寬大的紅色格子襯衫，跟寬垮的牛仔褲，旁邊還帶著一個迷你裙辣妹，他很「成熟」嗎？我非常懷疑郁芬的眼光與評價，他就是那個「阿唯學長」。當我看見阿唯的手攬在那個辣妹的腰際，兩個人很親暱時，還用衣服擦擦自己的眼鏡，以爲自己看錯了人。

他們很開心地翻著目錄，過了五分鐘，似乎挑好了片子，居然是那個辣妹付的錢。

這是怎麼回事？難道是我心裡對染金髮的男生有偏見，所以錯把每一個染金髮的男孩都當成是阿唯，才產生的幻覺嗎？我很希望是自己認錯了人，不然我會很爲郁芬傷心，但可惜，偏偏那就是他。

阿唯左手拿著光碟片，右手在那女孩臉上刮了一下，逗得她嬌笑起來，伸手在阿唯肩膀上拍了拍。那女孩身材很完美，臉蛋也很漂亮，可惜我沒有多餘的心思去注意她，坐在停放路邊的機車上，距離他們大約五公尺處，我點起了一根香菸。

方才因為我從人群中低著頭走出來，所以他沒看見我，但我坐在機車上，四周再無旁人，而且我又是瞪大了眼睛看著他，所以他很快地便也看見了我。他們走過我的身邊，阿唯停下了腳步。

這場面很怪，我們居然在色情光碟攤子前巧遇，看我直盯著他，他也很納悶地看著我。

「我是不是見過你？」他問。

我們見過，當然見過。看我點點頭，他居然問我，是在哪裡見過的。

「在澄清醫院，郁芬受傷的那一晚。」

「喔，原來是你。你好，我叫阿唯，我朋友都這樣叫我。」

「你好，我是阿哲。」我冷冷地說。瞄了那辣妹一眼，我問：「這位是？」

「我乾妹妹，乾妹妹。」他笑著說。那個辣妹也嬌笑起來，又在阿唯的肩膀上拍了一下。

「你幹嘛？臉色臭成這樣？」捧著喇叭，貓咪在FZR旁邊等我。

「我遇見那個阿唯了。」

他很驚訝地問我，是不是上次接郁芬上課的金毛頭，我點點頭，還告訴他，這個金毛頭不但一點成熟的樣子也沒有，他身邊還有一個像小太妹的迷你裙辣妹。

結果貓咪直呼可惜，他可惜之處，不是沒能去見證金毛頭買色情光碟的事情，而是可惜著沒能看見那個小辣妹。

「要不要去跟郁芬打小報告？」騎著機車的貓咪，這樣建議我：「去郁芬那裡告一狀，說他帶了個迷你裙妹，還說是他的乾妹妹，然後兩個人去買A片，這樣鐵能讓他死，你看怎麼樣？」

我還能怎麼樣？我跟貓咪說，這種事情我幹不出來，況且，說人家去買A片，我自己還不是一樣？

「你可以說是幫我買呀！」

「那他也可以是幫別人買呀！」我說：「靠著破壞別人的形象，去達成自己的目的，這我做不到。」

「你可以選擇維持你的良心，也可以選擇保持處男之身，直到我成爲偉大發明家爲止。」他頭也不回地說。

我該怎麼做？這讓我想起補習班的狀況，是否我也該去跟紓雯說，那個共產黨的侵略政策也是我想出來的？沒想到兩邊居然同時發生類似的狀況。

我知道如果我把阿唯的事情說出來，郁芬一定會對他印象破滅，但是這樣，她就會愛上我嗎？我只知道這樣做會讓我心愛的女孩傷心很久，而我會陪著她也難過很久。

「你是怎樣？被倒會了嗎？」中午，郁芬公寓樓下，她一如往常的純稚。

「沒事。」強顏歡笑的背後，我想起貓咪的眼光，這是一種悲哀的感覺。

郁芬還是踱著腳，她把包包打開，拿出一盒巧克力來，說是送給我的。

「謝謝。」

「你今天真的怪怪的，你的徐式幽默呢？」

「忘了帶了。」我微笑著。

我強烈地矛盾著，所有的肚量都不見了，我很想告訴郁芬，那些我看到的，可是每當話到嘴邊，便又強自克制，縮了回去。一直以爲自己可以寬容而且無私的，這時見了郁芬，才知道其實一點也不。

「喂，你再不說就沒機會囉！」

我把車停在校門口，看著郁芬下了車，用很天眞的雙眼看著我。

「我沒事，眞的。」

「我不喜歡你這樣。」

「我怎樣？」

「你自己知道。」

下午一點二十五分，她站在校門口，這樣皺著眉、嘟著嘴地看著我，一直站到了一點四十五分，我說了三次「快進去吧，妳遲到了」的話，但是她始終沒有移動腳步。

「你這樣我怎麼去上課？」

今天中午的太陽很大，我被曬得有點暈，看看手機，我上班也已經快要遲到了。

「相信我，我沒事，如果我有一點點表情上的不對勁，那只是因爲我眞的眞的很在乎妳，不希望妳想太多、擔心太多而已，好嗎？」

看著郁芬走進了學校，我心裡很難過，難過的是她依然活在自己想像的美好裡，而我也無力去幫她把眞實的一切挖掘開來。而我猜想，即使我有這能力，我也一定會猶豫，因爲我不忍心看見自己心愛的女孩難過。

我也希望那是假象，因爲我更希望妳會幸福。

35

原本我以爲，在想了資優班戰略，幫阿澤先生處理完危機之後，他會給我一點好臉色的，可是我又錯了。

因爲老想著上班前所經歷的事情，後來又陷入遲到的慌亂，我忘了下午要印好國二理化班的講義，結果讓該班的課程延誤了。本來事情很簡單，我只需要補印今天上課範圍內的教材，就可以暫時頂著，然後再另外找時間，趕快將完整的講義印好即可。

倘若是一般人發生這樣的疏漏，阿澤先生會稍稍責備一頓，不過如果犯錯的人是我，那就特別不同了。在櫃檯前面，我聆訓半個小時之後，眼見再拖下去，我連今天上課的部分都來不及印了，所以說了句：「你要不要先給我十分鐘，讓我先印完今天要用的範圍之後再罵？」

結果阿澤先生眞的爆炸了，他在櫃檯的玻璃墊上用力拍了一掌，震落了兩個陶製筆筒，當場摔得粉碎之外，那一大塊玻璃墊，也被他拍出一個很漂亮的裂紋，嚇傻了現場所有人。

「我告訴你，不要以爲你想出了一點辦法，對補習班有點貢獻，就在我面前拿翹！」

「我只想就事論事，現在去印，眞的還來得及。」

我的聲音有點懶洋洋的，那是我開始不高興的表現。倘若我認爲我對補習班有所貢獻，我就會去告訴所有人，說資優班策略是出自於我徐某人的想法，但我沒有。而講義忘了印，則純粹是我個人的私事影響，爲此，我已經向授課老師道歉，並承諾馬上補印講義，做爲彌補。

「你這樣做已經造成了對補習班嚴重的傷害，學生會認爲我們很不專業，會認爲我們效率低落，任課老師會認爲我們的人員缺乏訓練、沒有素養。」他很生氣地說著：「我看你一直以來表現都還算可以，怎麼原來你的觀念這麼差？」

他的聲音已經大到教室裡的老師都探頭出來了，而且附近正在辦公的同事們也已經閃到角落去了，可是他卻還沒有要停的打算。「我對你感到非常失望。」

聽到這句話，我原本低著的頭，稍稍抬了起來，看著阿澤先生的眼睛。

「這種事情的後果很嚴重，不是你一個工讀生所能明白的，希望你下次不要再犯，不然我很難再給你機會，記得，你雖然是總教務介紹來的，我也不可能徇私，更不可能給你特權。」

居然扯到這裡來了，我手上還握著一直很想去補印的講義，這時講義原稿已經被我用力捏扁了。

「你這話是什麼意思？」

「什麼意思？不要讓我把話說明白了，不然大家都不好看！」

原來我只是一顆棋子，非常好用的棋子，上至策畫謀略，下至苦力打雜，都可以讓我一手包辦，而在不需要的時候，隨便一個小錯誤，竟然就可以把所有的付出抹滅，這是現實職場的特色，還是摻雜了個人情感因素的結果？咬著牙，我看見了貼在牆上那張「資優班特別衝刺招生中」的新傳單，心中閃過了兔死狗烹的悲哀。

我無法冷靜地分辨箇中差別，即使悄悄到來的梅雨正淋在我頭上，都沒能讓我清醒一點。

看著自己右手拳頭上的淤紫，我覺得眞的很悲哀。

「夠了沒有？」我冷冷地說：「我哪一點的表現像是靠著別人才能進來這裡混的？」側著頭，我盯著阿澤先生問。

補習班裡的職員，按照規定應該要別著識別證，本來大家都沒這習慣，但自從上次大老闆忽然在中午前來視察之後，阿澤先生便強制要求我們一定要佩帶在胸前。

我把識別證一把扯了下來，連著早已捏爛的講義原稿，一起丟在被他拍碎的玻璃墊上。「你是我老闆，你說了算，好，我認了。」說著，拎起放在櫃檯下的包包，轉身，我走出了補習班大門。

阿澤先生追了出來，在電梯門前，他扯住我的肩膀，大聲地說：「徐雋哲我警告你，你敢走就試試看！」

「放開我，你不是我朋友，不夠格碰我肩膀。」我沒有回頭，按了電梯下樓的按鈕。

「我是你上司！我是你老闆！」他吼著。

「識別證還給你了，你現在什麼也不是，放開我。」

他正要繼續說話時，放在我左側口袋中的手機居然響了，我一看，是郁芬打來的。在接通的瞬間，阿澤先生憤怒地一掌拍在我的左手傷口上，痛得我縮了一下。他的一掌很有力，可以拍碎玻璃墊，也可以拍飛我的手機。這時候我再也按捺不住了，握緊的右拳直接打上了他的臉。

「你敢對我動手，我就不會對你客氣。」我冷冷地說。

這一拳，打在阿澤先生的臉頰上，他拍飛我的手機，我就打爆了他的眼鏡。

在雨中，我很無奈地喝了一口啤酒。身上怕水的東西，也不過就是手機而已，現在它已經摔壞了，那我還需要顧忌什麼？

想要打通電話給紓雯，可是我連電話卡都沒有，不過沒關係，我相信阿澤先生在找回他眼鏡的殘骸之後，應該已經摸到電話，打給紓雯先告狀了。

最後再看一眼手機，嘆了口氣，我把SIM卡取出，然後將手機扔進了綠川河中。

應該會沉到河底吧？我想。如此我便能永遠記得今晚發生的事情，在日後我到這裡來的每一次，都會想起這件事情，那是自從高一以後，我第一次揮拳打人的事情。

晚上八點鐘，即使下著雨，第一廣場的人群依舊聚集，我被淹沒在人潮中，沒人要理會我這隻濕淋淋的流浪狗，我縮在綠川岸邊的公車候車椅上，拿出了今天中午郁芬送給我的薄片巧克力，自己和著雨水與啤酒吃了起來。

妳知道我現在很想哭嗎？我在心裡對著郁芬說。她會知道嗎？這時候郁芬在做些什麼呢？應該會掛在線上，看著電視或念書吧？自從我們愈來愈熟之後，我已經很久沒有在線上跟她聊過天了。

失去可以傳遞聲音的電話時，我忽然懷念起那段被設「板壞」的簡單日子。原來自己所冀望的不平凡，竟複雜得一切都不如想像。

感謝天下著雨，讓我分辨不出臉頰上是否有淚水。

「現在怎麼辦？」我跟貓咪同時說了這句話，不過我指的是該怎麼去面對紓雯，貓咪則是擔心著工錢還拿不拿得到。

「很多年沒見你打架了，沒想到你還能打嘛！」貓咪看看我的右拳，不斷稱讚著我。

「下次遇到那個金毛頭，你也可以順便海扁他一頓。」他想了想，又說：「不過金毛頭比較壯，我看你最好等左手車禍的傷好了再去扁，這樣勝算大一點。」

右拳出拳可能太猛了，害我手指關節腫痛得很，不過一想到阿澤先生的臉會比我的手更腫，我就覺得很有價值。

回到家，把被雨淋成漿糊似的薄片巧克力遞給貓咪，我先打了電話給郁芬，她問我期中考期間，方不方便接她跑學校。

「有的老師要舉行會考，考試時間都跟原來上課時間不同，不曉得你可不可以……」

「可以。」沒有等她說完，我直接回答。

「那你的打工呢？」

看看我右手那貼得很難看的狗皮膏藥，我苦笑著，「妳有看過員工毆打上司之後，還能繼續留任的嗎？」

郁芬相當驚訝，她沒想到看起來「又痞又瘦」的徐雋哲也會動手打人。

「雖然我也很難相信，不過這是眞的。」我告訴她，我的手機已經陣亡了，最近連絡上會麻煩一點，所以如果有事情，可以直接打室內電話。

「我老是覺得你今天怪怪的，從中午見面就這樣，晚上你還跟你老闆打架。」郁芬說。

我也知道怪怪的，但那是緣由於說不出口的事情，所以我靜靜聽著郁芬說話，感受她獨特的嗓音，就像初識她時那樣。

「有很多事情，你不說，我永遠不知道，而我不喜歡自己的朋友這樣悶著不開心，還記得你說過我們是朋友吧？如果是朋友，是不是你可以把這些不開心的垃圾倒出來呢？」

我說過，朋友應該要講義氣、要互相扶持；郁芬曾說過，朋友要能夠互相倒垃圾。對待朋友的方式，原來我們都一樣。

但如果我想要的其實不只是朋友呢？如果我倒出了心裡的垃圾，卻會傷害到她呢？感情互相牽連的複雜，原來超出我們的想像。

「阿哲……」

「我在。」我說。

「有事的話，跟我講，好嗎？」電話那頭，背景音樂是楊乃文的「不要告別」，郁芬的聲音幽柔。

「好，我答應妳，如果我心裡有垃圾，我一定會倒給妳，因爲我們是朋友。」

我們是朋友，我把這種心情寫在電腦裡，記錄著心情與感傷。寫完之後，走出來跟貓咪一起看夜景，貓咪問我爲何不把這些心情寄給郁芬，好讓她知道我的感受？我搖搖頭。

「這樣做是增加她的困擾，不是嗎？」

「如果那個金毛頭是個把辣妹、買A片的人面獸心，而你卻不告訴郁芬，以後也可能害了她吧！」

「與其擔心這個，而讓郁芬現在受到傷害，我還是會選擇不說，因為我不能確定以後的事情，也不希望讓郁芬對我或對她喜歡的人感到懷疑。」

「那萬一以後有事情呢？」

「不管什麼事，我都會護著她。」

「你確定？」

「我確定。」

坐在陽台上，貓咪拎著烏龍茶，也順便給我一罐，我拉開拉環，堅定地回答他。

看夜景看到半夜十二點，大樓的影像電話機響起，貓咪過去接電話。

「你可以選擇不告訴郁芬，那是因為你說你以後不管怎樣都會護著她，可是這個卻不行。」

「什麼意思？」

「我建議你現在最好去穿褲子，因為現在要上來的這個人，你以後不會護著她。」

「紓雯？」

自從春天到了之後，我被貓咪影響，也跟他一樣，習慣只穿一件四角內褲，在屋子裡逛來逛去，反正最近貓姊很少來，平常不大會有意外。

我們住在十七樓，紓雯從掛上通話機至到達門口的所需時間，大約得要一分鐘，所以我還可以悠閒地喝完烏龍茶，再慢慢踱回房間去穿褲子。

紓雯沒有說話，只是靜靜地看著我的右手，然後也跟郁芬一樣，拆掉貓咪為我包紮的繃

傻眼。

帶，重新為我敷治。

「我包得很難看嗎？」貓咪在旁邊問。

「不是，你沒有留下足夠的關節活動空間，這樣阿哲的手會很難握拳。」紓雯解釋著。

「還需要握拳嗎？扁得不夠呀？」這個白痴很愚蠢地竟然迸出這句話來，讓我跟紓雯同時傻眼。

「嗯，除了握拳之外，拿筆或拿筷子，也會不方便嘛。」紓雯有點尷尬地笑著說。

「是呀，是呀，我連烏龍茶罐子都得用左手拿呢！」我也只好猛陪笑。

包好了傷口，為了避免貓咪又胡言亂語，我帶著紓雯上頂樓。下過雨的天空清新許多，雖然還是看不見星星，不過至少有涼快的風。

紓雯說我那一拳很有威力，不但打歪了阿澤先生的鏡框，而且打腫了他的臉頰。

「他這個人就這樣，說話老是口沒遮攔，所以我哥哥也不喜歡他。」

「不過他畢竟是個人才，對吧？」我無奈地說。

靠在欄杆上，紓雯說：「可惜你還在念書，還沒當兵，否則我會建議我哥哥，讓你當儲備幹部，相信他會答應。」

紓雯說，經過她的建議，還有大老闆目前在彰化的需要，他們有意安排我接受訓練，甚至讓我到總班去協助彰化區的招生，但哪曉得今天，我居然就毆打了上司，擅離職守地走人。

「就算我過去了，妳也要走了。」

「因為這終究不是我的夢想呀！」

「那妳又怎麼知道，這會是我的夢想呢？」

本來看著夜景的紓雯，轉頭過來看我。

「現在這樣子，回去工作已經不可能了，我打算把書念好，退伍之後，再回來考研究所，或者，選擇走出版業也好。」我說我寫的小說還有些人看，想來自己寫的並不算太差，或許這可能是一個方向。

「我認識幾個出版業的朋友……」

在她說完之前，我先搖了頭，「踩著泥濘的人，走不出足跡，而踩著別人的腳印的人，也走不出自己的路的。如果凡事都需要靠別人幫助，那我怎麼飛出自己的一片天？」

今晚的風不強，適合悠閒地聊著未來，雖然雙手都受了傷，但至少我的心感受到了自由，那是一種拋棄人情壓力之後的自由。

阿澤先生說的雖然是氣話，但也沒有錯，的確是靠著紓雯，我才能進得了這家補習班，這是一次經驗，也是一次教訓。

「怎麼感覺你也愈來愈像個男人了？」紓雯忽然說。

「妳是說，我在長大嗎？」

「是成熟。」她笑著，在我臉頰上輕輕一吻。

成熟的第一個條件，是學會承諾與勇敢，我正在努力。

如果成熟的代價，是用挫折與感傷不斷累積出來的，那我願意。

不過我願意，可不代表貓咪願意，他剛剛又氣得砸爛了一架電風扇。貓咪試圖把他的老電扇改成聲控式的，這樣他只需要喊聲「喵」，電扇就會自動加強轉速或停止。不過這項發明失敗了，電扇根本不理他，還是維持「嗚嗚嗚」的死樣子。

期中考的時間，郁芬比我早，所以當她開始考試時，我才正準備翻開課本而已。

接送她，是很讓我開心的事情，雖然大太陽依舊討厭，但是至少可以看見陽光下，她燦爛的笑臉。郁芬走路還是跛著，脾氣也還是沒有變好，我的右拳腫痛是痊癒了，不過上手臂的牙齒咬痕，卻始終沒有消失過，每當它快好的時候，郁芬就會幫我補上一個。

「你幹嘛不躲？」

「能夠滿足妳一點點幼稚的喜好，我覺得這點痛似乎還可以承受。」

於是她幫我咬了一個更大的。

她考完試的那天下午，我們又去了一趟大甲，郁芬說，楊妮很喜歡她上次帶回去的芋頭酥，所以我們特地又到大甲來買。

「她說其實你人不錯嘛，想問你爲什麼老是交不到女朋友。」挑選著糕餅，郁芬說。

「那是因爲一堆女孩沒眼光。」我漫不經心地回答。

「不要臉、自戀狂，以爲大家都非愛你不可。」

「我沒有要大家都愛我，我只要我愛的女孩愛我就好。」

「上次那個紓雯呀？很難吧？我覺得她很有氣質，而且高雅，她眼光應該不至於低成這樣。」

我笑笑說，剛好相反，紓雯可能是目前唯一一個愛我的。

「有時間做夢的話，幫個忙，把上面那兩盒也拿下來吧！」她很輕蔑地看著我，手還比了比櫃子上的兩盒芋頭酥。

「妳不相信嗎？我沒有騙妳呀！」

結過了帳，她很開心地走出來，我扛著一堆酥餅，跟在她後面。

「既然她喜歡你，你就接受呀，幹嘛不要？」

我說我跟紓雯之間差距很遠，簡直是兩個不同世界的人，郁芬卻打死都不信，認爲我是自己在做白日夢，逕自指點著我把這些糕餅放上機車。

「妳應該相信我的，眞的。」

「不要一個人在那邊一直碎碎唸，告訴你，我有病，我會咬人。」

離開大甲前，我在鎭瀾宮求了一個平安符，給她掛在書包上，隨時保平安。

「你自己不求一個？」

「我善事做得多，不必平安符，媽祖娘娘也會保佑我。」

「你做過什麼善事？」

指著她的腳，我說：「每天接送妳這個斷腿的上下課，卻從來沒有跟妳結算過油錢，妳說這是不是善事？」

看著語塞的她，我笑著要她上車。

一路上夕陽都在我們的背後，我騎在省道上，寬廣的道路與涼爽的風，她開心地唱著歌。從照後鏡，我看見了笑得很甜美的郁芬，很想對她說：「如果可以，我想這樣做一輩子善事。」

不過這只是想想，殘酷的事情總是會來。回到郁芬家的公寓，她說，最近那個阿唯學長在社團通知大家，說要舉辦社遊，打算到南投去玩。

「我是南投人，所以會當導遊，阿唯當領隊喔！他也已經考完試了，我們正在挑選時間，要先去探探路，然後安排路線跟活動內容。」

「那我也是南投人，我可不可以去參加？」

「你又不是我們學校的，怎麼去？」

笑一笑，我說只是個玩笑，看著她上樓，有點小難過，因為即使只是說說，她眼裡都還有我所不能面對的光，而那個光，是反射自金毛頭、A片男的那頭怪顏色。

貓咪問我他們幾時要去，我說我不知道，他又問我說他們要怎麼去，我說大概是開車吧，郁芬今天曾說過，阿唯學長曾開車帶她們一群學妹出去玩，想來這次也會開車去。

「你不會是想騎著FZR去跟蹤吧？」我驚訝地問。

「你不怕他們單獨出去會有危險嗎？不要忘記，對方可是摟著辣妹去買A片的金毛頭。」

會嗎？郁芬曾說，阿唯是個很成熟穩重的人呀，應該不會吧？

上個星期，紓雯來看我，她已經把我的薪水先拿給我了，這段時間裡，我接到兩通補習班打來的電話，阿澤先生請櫃檯小姐打給我，要我回去辦理交接，為此，我還整理了一份我手頭上所有的工作以及進度，然後傳眞回去。

貓咪一直鼓吹我親自過去一趟，順便再扁阿澤先生一頓，我說算了，每個人處世方式不同，不想去計較這些事情。

靠著這筆錢，我去買了新手機，也把剛剛又被停話的網路給重新復話。手機是郁芬挑的，在東海的通訊行，我們買了手機之後，她說想吃仙草凍。

「那是情人在吃的，我跟妳的關係，大概只能買買臭豆腐。」

「不管，我要吃仙草凍。」

「妳跛腳耶，還沒走到那裡，妳已經要用爬的了。」

「不然你揹我。」

「我揹妳?!」我很驚訝地喊出來。在下午五點半鐘，學生人潮開始聚集的東海商圈，居然要我揹著她走？這要是被我們文學院的熟人看見了，我還要不要做人呀？

「你體貼一下行不行呀？不然你去買，我坐在這裡等你。」她嘟著嘴，一副眼淚要流下來的樣子。

「妳有下午五點半鐘，在東海讓人家揹著跑來跑去的經驗嗎？」

「就是沒有才好玩嘛！你不是說要做點瘋狂的事情嗎？」

我忽然想起她的心臟病，想起她說過，因為生命可能比人家短，所以想要多經驗一些人生的話來。

「好，我揹妳。」

「眞的？」

「眞的。」我點頭。

這條街不算長，走到仙草凍的攤子大約三百來公尺，而且都是下坡，不騎車過去是因爲那邊太難停。

經過我們的行人或車子都放慢了速度，特別看了我們這兩個瘋子一眼。

郁芬笑得很開心，還喊著：「哈！快一點，我的赤兔馬！」

我說我很後悔今天穿著紅衣服，居然被叫作赤兔馬。

「這算不錯了，萬一你穿的是黃色的衣服，我會叫你皮卡丘。」

她說，後天星期五，她下課之後，阿唯學長要開車載她去南投，兩天一夜，晚上因爲不方便去郁芬家，所以打算住在日月潭邊青年活動中心。我說手機記得開機，保持聯絡，不要讓我擔心。

「放心，如果他敢對我毛手毛腳，我會這樣！」說著，就在我納悶著她要怎樣時，郁芬已經一口咬上了我的肩膀。

「啊！放開我，妳想墜馬呀？」

我其實並不體貼，只是喜歡爲妳做每一件妳喜歡的事罷了。

38

我在高架道路上狂飆，每個出口都有警車擋著，空中還有直昇機盤旋著，當我一路飆到盡頭，則有一群手執狙擊槍的警察在等我，其中一個拿著擴音器，高喊要我熄火，乖乖交出行照與駕照。

我被迫停車之後，則由幾名身著黑衣，穿戴得只剩下兩隻眼睛露在外面的維安特勤組之類的人包圍上來，我的安全帽被扯掉，機車鑰匙被搶走，正想掏出證件，乖乖就範時，我的手機卻響了。

「喂，你好。」

「阿哲嗎？我是紓雯。」

柔柔輕輕的語調，帶點溫暖的聲音，讓我眼前逐漸模糊，原來，剛剛的都是幻想。

我跟貓咪窩在民俗公園旁邊的茶店喝茶，茶店的名字很浪漫，叫做「陽光米羅」，不過裡頭人聲鼎沸，感覺比較像「陽光菜市場」。貓咪跟我在研究著萬一有需要時，我能最快趕到日月潭去搭救郁芬的路線。

我們住在台中市的北屯區，沿著北屯路進入市區，又轉上中投公路，然後再飆到埔里，共計約六十公里，經驗來說，耗時約一個鐘頭，再從埔里到日月潭，則要二十分鐘，所以全程總共至少八十分鐘。

「你可以再扣掉如果你跑中投公路的快車道，所節省下來的時間。」貓咪說，他在中投公路剛建好的時候，曾經騎著FZR上去過，完全是把自己當成劉德華。

「那時候沒有路面監視器，沒有測速照相，當然更不可能有警察。」他說。

貓咪的信誓旦旦，害我陷入一連串幻想當中，是紓雯打來的電話，讓我恢復知覺。

「我有點事情想找你，星期五晚上方便嗎？」

星期五？跟郁芬要去南投同一天？

「我已經遞了辭呈給我哥哥，他也同意了。」

我有一個禮拜沒有跟紓雯好好聯絡，偶而她打電話來，我們只會聊著我的手傷，或者最近吃到了哪些奇怪的東西，又或者未來可能的打算，這陣子，自從紓雯知道我想準備研究所考試之後，她便費心幫我蒐集了不少考試資料，以便參考。可是我卻從沒聽她提起過，她居然直接就辭職了。

「不過離職時間是兩個月之後，好方便做職務交接。」

紓雯說，大老闆在彰化也主打資優班策略，還親自去那些資優班學生的家裡拜訪，費了一番工夫之後，才把他們挖進自己的補習班。

「看著這些資優班學生，背負著家裡的期望，灰頭土臉來補習的樣子，我覺得很難過。」紓雯說，就在補習班慶功宴上，她向大老闆提出辭呈。

要一群課業壓力極重的國三學生到補習班去，參加那種比一般補習班課程還要艱難的資優班補習，提出這種策略，可能會讓我折壽很多年，培養出一堆精英，但是每一個心理都不健全，那倒不如讓他們好好玩，再不然，像我們現在這樣也沒有什麼不好的。

貓咪正在給他的貝斯調音，我正在閱讀著張大春的《城邦暴力團》，日子一樣很愉快，何必非得去解奇怪的方程式，或者去背奇怪的英文單字？

隔天，我們跑去生活工廠，想給紓雯買點東西，答謝她曾對我的照顧。經過貓咪的建議，我買了一組木製的小書架，非常別致，準備今晚拿給紓雯。

「你好像都不擔心哪？」貓咪問我。

捧著書架，我笑著說，要不擔心那是騙人的，就算不擔心，我也同樣會吃醋。我們指的，是郁芬跟阿唯到南投去的事情。

「要不要打個電話給她？」

我說不用，郁芬昨晚有打給我，她說這兩天是她非常期待的日子，還要我祝她好運。

「祝什麼好運？」

「郁芬說，她覺得這是一個機會，所以想對那個金毛頭告白。」

「告白?!」貓咪大喊了一聲，登時有一掛人的眼光看過來。

貓咪非常不敢相信，看著我的微笑，他說我臉上有點愁雲慘霧。

「之前你跟她告白過那麼多次，她是瞎子還是白痴？」

「她很聰明，只是她不相信罷了。」我說，因爲郁芬認爲，我跟她沒有相處過，所以她覺得我不可能愛上她。

「沒相處過？那你每天去接送她，你們去大甲、去夜市，這些都是亂碼、是幻覺喔？」

無言以對，我攤攤手。

「她看了太多你的笑臉，所以根本不知道你的想法嘛，你是不是從來沒有把你想的告訴她？像那些你寫下來的詩呀狗屁之類的？」

「沒有。」

「喔！」他以手掩額，對我說：「你是智障喔？準備看她被追走了啦！」

如果郁芬的眼光有多一點點在我這裡，那她早該懂了，可是我知道，即使我們交情再好，她都只當我是個傾倒垃圾的好朋友。而她的心思，是放在那個阿唯學長身上的。

我覺得很抱歉，在心裡對郁芬悄悄說了一聲對不起，原諒我沒有做好一個朋友的責任，因爲我把心事偷偷藏了起來，沒有坦白。所以當她昨晚對我說，她想在金毛頭畢業當兵前，趁這個機會對他告白時，我還特別提醒她說，記得溫柔點，不要動不動就咬人，以免造成遺憾。

晚上七點半鐘，我踏進三民路上，從沒來過的「FRIDAY」餐廳，這裡的東西不貴，但是氣氛很貴，搞得我居然還得穿襯衫出來。

紓雯正翻著菜單，從我們認識以來，每次約會見面，她總是習慣比我早到。我把裝著小書架的彩色紙袋拿給她。

「認識妳到現在，妳幫過我太多，沒啥好給妳的，所以送妳一個書架，我想妳出國之後，可能會很懷念台灣的生活，所以順便送妳兩本書，是張大春與朱少麟的小說，都在箱子裡了。」

紓雯把袋子放到腳邊，說了聲謝謝，看了它許久，對我說：「我們還是很疏遠的對吧？否則，你何必這麼客套地送我這些東西呢？像我當初對你發生感覺的樣子那樣坦率，告訴我你所想的，好嗎，阿哲？」

感情問題無法用數學公式計算，因爲大部分的感情問題都無解，也不可能帶入化學式，因爲感情的爆發力，可能會讓酸鹼平衡崩潰，或者發生爆炸，可是即使我是習慣傷春悲秋的文學院學生，同樣也解不開這道謎題。

紓雯今晚穿得很美麗，一套黑色連身的洋裝，還有襯托得非常恰當的蝶形鑲鑽墜飾，無處不讓人爲她著迷，可是此刻我的心裡，在聽了她這樣說之後，卻滿滿的只有歉疚。

「抱歉。其實我很高興認識妳，也很感動於妳爲我的付出，但是，」我抬頭看看紓雯，吸了一口氣，對她說：「我一直很喜歡另外那個女孩，對不起。」

我曾引用過山田詠美的說法來形容紓雯，她是那種只需要一點口紅，就能將女人味完全散發出來的女孩，讓人完全被她吸引。

今晚的她比平常更美，更加動人，所以，更加讓我難過與心痛，女爲悅己者容，而我，卻不是那個人。

我剛剛說完「對不起」，手機便跟著響起。

誰是誰的選擇，如果都有道理，那我們何須眼淚？

39

電話中，郁芬在低聲哭泣著。我在餐廳門口聽著她低聲啜泣了十五分鐘，直到我的手機沒電爲止。

問她是怎麼了，是否發生了什麼事情，她沒有作答，只是緩慢地、低聲地，不斷哭泣著。

「是她？那個會咬你的女孩？」

會咬我的女孩？我微笑著，可是我知道自己的眉頭皺得比嘴角揚得更明顯。

「她有事情？」紓雯坐在椅子上，同樣低的聲音，輕輕問我，而我點頭。

或許這是一種選擇，即使這與愛情的歸宿無關，但我卻會這樣聯想著。最後一眼，我看著紓雯，她依然坐在椅子上，浪漫的裝潢與擺設，還有輕靈的音樂聲，剛好與裝扮得高雅的女子互相搭配。喝了一口水，她怔怔地看著我，沒有流露出悲傷或不悅的神情，卻像是流行雜誌上，那種蘊藏無限涵義的模樣。

「我得走了，我擔心她。」

「我知道。」她用一點微笑，對我說聲：「好好保護她。」

「抱歉。」我說。

笑容，始終是她最後的回答。

我得先回北屯一趟，因爲我騎的是小凌風，這輛車飆不到日月潭，就會跟上次在大甲一樣中途斷氣。而且我得回去換手機電池，否則即使我眞的追到日月潭，我也不知道郁芬人在哪裡。

「發生什麼事啦？」貓咪問我。

一邊回答說我不知道，一邊我衝進房間，換了手機電池。貓咪納悶地跟進跟出，看著我撥了電話。

「紓雯呢？」

「還在餐廳，我先走的。」

「郁芬出事了？」不愧是貓咪，連我的行爲模式都能抓得到了。

「郁芬？」電話一接通，我忽然不知道自己該怎麼問才好。

像是在演戲一樣，我對著完全無聲的手機，一個人在講著話。

「妳還好嗎？我很擔心妳，讓我聽見妳的聲音，告訴我妳怎麼了？」

「有沒有搞錯？你一直問，她要回答你哪個問題呀？」貓咪看不下去了。

「她不說話呀。」我把話筒掩著，小聲地說。

「不會是那個金毛頭眞的把她……」貓咪很擔憂地說。

我給了貓咪一根中指，但其實我比他還擔心。

「我……」郁芬說話了。

我得把客廳的電視關掉，也把落地窗關起來，才能聽見她的聲音。郁芬哽咽地說，阿唯拒絕了她，而且跟她說了很讓她傷心的話。他們開著車子一起去了日月潭，在德化社的遊艇碼頭邊，一起度過了非常美麗的落日時分，郁芬說，阿唯牽著她的手，甚至擁抱她。

郁芬鼓起了勇氣，對阿唯說了兩句話：「我喜歡你，從很久以前。」

阿唯笑了笑，在郁芬頭上輕輕一吻，說：「我知道。」

可是知道歸知道，做起來卻不是那麼一回事。阿唯告訴郁芬說，他早已經有了女朋友，而且交往很久了。

郁芬萬難想像，她問阿唯爲什麼從來沒聽他或社團的人提起過？

阿唯依然擁抱著郁芬，「不想公開。」

可是不想公開有很多原因，阿唯屬於最糟糕的那一種。我問是哪一種，郁芬哭著說：「因爲他需要更多不同的感覺，從不同的情人那裡，所獲得的不同的感覺。」

我愣住了，即使我已經見過阿唯帶著迷你裙辣妹逛街，但我還是不敢想像，而讓我更驚愕的，是沒想到郁芬終究也知道了，而且是這麼直接地，由阿唯自己說出來。

阿唯很直接地問郁芬，願不願意當他的地下情人，郁芬則回了一句話：「那我排第幾？」能分辨得出內容的談話，只到這裡爲止，繼續的，是郁芬無止盡的哭聲。

「不要難過，明天一早就回來吧！」我安慰她。

一片安靜，只有女孩的哭泣聲嗚咽著。坐在沙發上，我也想不出可以說的話。就這樣，她哭了一個小時，哭到聲音漸漸微弱。

「不要哭了，先休息吧！妳需要好好睡一覺，好嗎？」我試圖讓她平靜下來。

她沒有回答，甚至連哭聲都快聽不見了。

「郁芬？聽見我講話嗎？」我有點緊張。手機發出了「嗶嗶」聲，在提醒我說這顆電池也即將沒電了。

「妳還好嗎？」我又問了一聲。

「我覺得……心臟……痛……」

從來不覺得日光燈有這樣刺眼，我的雙眼有點承受不了，於是我低下頭來。

電話的最後，郁芬掙扎著說：「我要回家，我不要……不要在這裡倒下去，我不要。」

然後，我的手機宣告斷電。

「怎麼辦？」我簡單地向貓咪說明。

「他們住同一個房間，你去了能怎樣？」他問。

我搖搖頭，郁芬說過，他們住的是兩間單人房。

「那好辦呀，去把她接回來。」

「接回來？」

「你是不是個男人呀？」

我抬頭看看貓咪。

「她對你有多重要？」

「很重要。」我說。

「那就去呀！」

「可是，她在日月潭耶。」不遠，可是加上市區這段路，跑起來也還要一個多鐘頭。

「拜託，你該慶幸了，她只是在日月潭，不是在芝加哥。」

是呀，我該慶幸了，至少我只需要一個半小時，就可以到得了她身邊。

心情是緊繃的，手是緊握的，風吹得我臉頰生疼，但我知道郁芬的心臟更疼，而且她一個人在房間裡，想來也不可能去向阿唯求救，我是她唯一可以依靠的人，因為我承諾過，不管什麼時候，都會護著她。

貓咪慷慨地把車鑰匙給我，每次遇到事情，他的車就會自動變成我的車，基於義氣，他甚至把手機也借給我，以便我聯絡之用。

口袋裝著兩支手機，心裝著滿滿的焦急與掛念，穿過了台中市依然人車繁忙的街道，今晚的夜色，我沒有欣賞的念頭。轉過了中興大學，進入了較為寬廣的道路，再檢視一次油表，油是滿的，於是我往中投公路方向而去。

記得貓咪說過，他曾經把FZR騎上中投公路，不過那是在公路開通之初，那時沒有路面監視器、沒有照相機、也沒有警察。而今，這一條快速道路，是連接台中與南投之間，最方便且重要的道路，路上有許多監視器，也有照相機，不過坐車往來多次，我倒是沒有見過警車。

既然被警車攔截的可能性不大，那麼就算被照相機或監視器拍到，也頂多告我一個違規行駛吧？我猜想著。

機車換到四檔，我把離合器慢慢放開，油門卻旋轉到底，FZR發出凶悍的引擎聲，接著是極限的六檔。路燈快速地飛逝，臉頰早已被風刮得麻木，我沒有時間去擦拭因爲強風吹襲而流出來的眼淚，時速表指在一百一十公里的地方。

寬廣的三線道，可以讓我遊刃有餘地超越行駛中的汽車，只有兩次速度低於七十公里的最高速限，因爲那裡有超速照相，誰會去想像那些駕駛人看見FZR上了中投的驚訝呢？我不在乎。

40

沒有飛的感覺，因爲我的心早已守在妳身邊。

記得有一次中午，在麥當勞，郁芬曾說過關於阿唯學長的事情。

「他很體貼，而且窩心，很多時候，有些事情不用說，他就能知道對方在想什麼。」

我說那是察言觀色，郁芬說那是體貼窩心。

也有一次，我們各自翹掉了下午的課，郁芬拉著我去台中世貿看傢俱展，她說阿唯學長出錢，買了一組很可愛的小沙發在社窩，給大家休息。我說那不稀奇，我們也曾經合資，買了好幾張板凳在熱音社給大家坐。郁芬說意義不同，至少他們的沙發有小叮噹的圖案，我辯解著，說我們的板凳上還有貼小飛俠貼紙。

「人家阿唯學長那個是情調，你們那個叫作廉價。」

一路飆下了中投公路，我在草屯鎮的外環路上飛馳，一來是我趕時間，二來我擔心後面會有警車追上來。

那天在澄清醫院，我看見的阿唯，很高傲，也很有冷靜的神態，完全不像後來在色情光碟攤子前的樣子，我沒有看錯人，但是我無法解釋這其中的差別，難道人前人後，一個人竟可以有兩種完全不同的表現？這是我不夠成熟、不懂得戴面具的緣故嗎？

接上了通往埔里的省道，我在7-11停車，因為有沙子吹進了眼睛，痛得我不得不停車，下去買了一瓶礦泉水。

一半的水洗了眼睛，也把上衣弄濕，另一半，我只喝了兩口，便全都倒在地上，趕緊丟了罐子，繼續趕路。

濕了上衣之後，被時速一百二十公里的強風吹打著，是非常痛苦的事情，冷，冷到有點痛了。藉著身體的不適，可以讓我稍稍分散對郁芬的擔心，她現在胸口還痛著嗎？是否還在哭泣？能不能起得了身？

這段路的路況還算良好，加足了油門，我拚了命地趕，打算先過了埔里之後，再打通電話給郁芬。

腦海中不斷回想起許多過去相處的畫面，還有那段我們在BBS上面針鋒相對的日子，咬著牙，我剛剛閃過了兩輛並排的砂石車，直接騎在它們中間，路面車道線的反光點，顛得我差點翻車，把頭低了下來，拚了命地超過去。

一個想要過得平凡的人，不應該在這麼老套的劇情裡死去，先天性心臟病？去他的遺傳！給我好起來，不然我不會饒了妳，可惡的韓郁芬！我在心裡開始罵著，遠光燈照著前面一群橫行的機車，經過他們時，發現是一群大約國中年紀，很「台客」的小朋友，騎著改裝的機車，大概是來夜遊的。

貓咪的**FZR**經過改裝與保養，性能一向優越，很快地我便超前了他們，不過才經過兩個彎道，我就覺得不大對，因爲他們都改開遠光燈，而且開始不斷鳴著喇叭。我稍稍放慢了速度，回頭一看，看樣子，剛剛我從快車道直接超越的囂張舉動，已經惹毛了這群人，現在換他們追上來了。

把一口含著沙子的口水吐掉，我決定不理會他們，繼續維持在六檔的速度，一路狂飆。不過因爲不想起衝突，忙著趕路的結果，所以我雖然甩掉了他們，卻也忘了要在埔里打電話的打算。

在青年活動中心外面停下了車，發覺頭上的安全帽早已歪了，濕掉的上衣也乾了，全身只覺得冷，而心裡，又更多添了擔心。

「喂，是我，阿哲。」

郁芬沒有回答，只是接起了電話。

「我來找妳，告訴我，妳在哪裡？」從小路往上走，繞過一片疏落的樹林，這裡我來過好幾次，所以知道大概位置，從旁邊的草叢上去，我躲開了管理處，以避免不必要的盤查，又浪費時間。

郁芬沒有什麼說話的力氣，只有哼了兩聲，用疲軟無力的聲音，不知道說了什麼。第一次，我是這麼地討厭蟲聲蛙鳴，害我聽不清楚電話。

「告訴我妳在哪一區，房間號碼。」

「你……不用過來啦……」她掙扎著說：「很晚了，我沒事啦。」

「我已經到了，現在面對著一排小木屋，告訴我，妳在哪一間？」

廣大的團康活動空地，今晚沒有星光，只有兩盞微弱的照明燈，照著一條人影，我拿著手機，站在廣場中央的沙地上。

「你……你來了？」

「我來了。」我說。

如果她需要，我就永遠不會走開。這是我的承諾，正因爲這樣，所以我來了。

過了大約五分鐘之後，左邊其中一間小木屋，木板門緩緩推開，我看見一個虛弱的人影，她倚門而立，幾乎把全身重量都托在門上，非常無力的身影。

「妳還好嗎？」

郁芬點點頭，臉色依舊蒼白，但呼吸卻急促，「你來幹嘛……我沒事……沒事啦。」

是心疼吧？我想。非常小心地，扶著她到床上躺下，倒了一杯溫開水，不過郁芬搖手說不要，想來連喝下一杯水的力氣都缺乏。我發現她還穿著外出服，行李也沒有打開，整個小房間的擺設都沒有移動過，看來，她到這裡時，已經難過得連打理自己的心情都沒有了，而後來的心臟疼痛，更讓她無法支撐。

如果我沒有來，她今晚怎麼過呢？這個小木屋是兩間小房間並置，共用一個玄關的，所以我猜想阿唯就在隔壁，他沒有過來安慰過郁芬嗎？沒有過來照顧過她嗎？

「阿唯呢？他知不知道妳不舒服？」

郁芬搖搖頭，「不要告訴他，我不想……不想再看到他……」

有哪個女孩會希望長久以來，自己心目中一向最完美的人，會是個毫不介意，問別人要不要當他「地下情人」的人呢？一般女孩無法忍受，個性倔強，而且心理潔癖得嚴重的郁芬，當然更無法接受。我這個她不會很關注的人，都可以把她氣得心臟病發了，更何況是那個她深深迷戀的阿唯學長？

我忽然想起《鹿鼎記》，郁芬是阿珂，那阿唯學長，當然就是風流瀟灑，可是卻浮華無行的鄭克塽了。這樣付出，我能夠感動我的阿珂嗎？看著她臉色蒼白地躺臥在床上，我伸出手來，一手握著郁芬的手，一手則在她臉上，擦去了剛剛流下來，還溢在眼眶邊的淚水。

「算了，真的，他不好，那就忘了他吧！」我輕聲地說。

她又哭了，緊閉著雙唇，抽動的臉頰，當我發覺我的手指無法將她的淚水抹去時，她已經泣不成聲了。

這樣的夜晚適合悲傷嗎？開著小檯燈，我不斷擦拭著郁芬的淚水，她的手掌與我用力交握，我可以知道，她有多麼難過與失望。所以我停止了無謂的安慰，任由她哭泣。直到她終於又哭累了，我才說：「好好睡一覺，明天早上，我帶妳回去，好嗎？」

郁芬搖搖頭，她掙扎著起來，喘息著說：「我不要……不要再留在這裡……我要回家……」

她的聲音很軟弱，但語氣卻堅決，看著她伸手要去拿行李，我想再沒能勸得了她，於是，行李是我拿的，扶著郁芬，我把她的外套披在她肩上，然後打開了房門，卻看見了阿唯學長蹲在外面的玄關旁邊抽菸。

這個晚上，我們都一樣，是害「心疼」的人。

41

回台中的路上，郁芬在後座幾乎睡著了，我騎得很慢，她的行李袋綁在油桶上，人坐在後面，雙手緊緊抱著我的腰。以往郁芬頂多會稍微拉一下我的衣角，這是頭一遭這樣用力抱緊，貼在我的背上，不過那不是濃情密意，而是她眞的太累了。

安靜的夜晚，月正中天，我的嘴角奇痛，卻得隱忍著。

阿唯見到我時，嘴巴張得奇大，含著的香菸掉了也沒發覺。

扶著郁芬，一手拿著行李袋，經過阿唯的身邊，我冷冷地說：「麻煩借過一下，博愛的鄭先生。」

「我？我不姓鄭啊。」他很納悶。

懶得跟他解釋《鹿鼎記》的情節，我們經過了他身邊。

「喂！你到底是在幹什麼？郁芬怎麼了？你把她怎麼了？」他還不知道郁芬被他氣得差點斷氣，居然問起我來了。

「不要跟他囉唆，我們回家了好不好？」郁芬在我耳邊無力地說。

我很想乖乖聽郁芬的話，就這麼走人，可是又看了一眼阿唯，他今天穿得非常正式，鐵灰色襯衫、剪裁合身的西裝褲，就剩下那顆金毛頭繼續刺眼著。我覺得很怪，明明今晚也不過是個半月，照明燈也很微弱，但是他那顆頭就讓我覺得刺眼。

「妳等我一下，沒事的。」我說著，讓郁芬坐在廣場中間用來充當指揮台的大石頭上，然後走向阿唯，跟他招招手，請他進房間來。

我後來在回台中的路上，終於知道了我與阿唯兩個人，在所謂「成熟」這回事上頭的差別何在了。

還記得上次在澄清醫院，郁芬腳傷的那一次，阿唯來的時候，他只是有點厭煩與不爽地看著我，問我車是誰騎的而已。也許是他對郁芬本來就不夠關心，所以犯不著大動肝火，可是換成了今天，惹出亂子的人變成阿唯，他讓郁芬受到比腳傷更嚴重的打擊，而且我又絕對比他更在乎郁芬時，我的「不成熟」就成立了。

半掩上房門，我說：「你會不會做得太過分了點？」

「我做了什麼？」看著我的冷眼，阿唯忽然笑了，用他果然很有男性魅力的模樣笑了。

「你都知道啦？郁芬說的？很好，不過我告訴你，我不覺得過分，不覺得我有錯，因爲這是每個人所選擇的生活方式、每個人的價値觀問題。」

他很輕蔑地哼了口氣，掏出香菸來點上。「我只能說很遺憾，郁芬不能認同，那就算了。

倒是你，你爲了這種事情跑來？」

「你知道她身體不好嗎？」往前走了一步，我問阿唯：「你在她心裡的樣子、你對她的重要性、她怎麼期待跟你之間的關係，這些你知道嗎？」

阿唯一手捻著香菸，一手還拿著打火機，很納悶地看著我。

「你知道你讓她差點沒命嗎？」

「什麼意思？」他有點尷尬。

「算了，沒事了，我們要回家了，再見。」我說著轉身。

有些人，不必多說什麼，就可以讓他很了解事情的道理，而有些人，就算把道理都攤在面前了，他也還是只會相信自己那一套莫名其妙的信念。

我忽然覺得很悲哀，覺得再說下去也沒有意義，轉過身時，握緊的拳頭很想敲在阿唯的鼻梁上，雖然我不認爲這一拳可以改變他什麼，不過，我的「不成熟」就是這樣來的。

剛剛轉過半個身的我，順手一拳，直接打上了阿唯的臉頰，就差了那一點點，不然應該可以打中鼻梁。他被我突然而來的一拳打得有點錯亂，百忙中一揮手，手上的打火機刮過我的臉，直接敲上了我的嘴角。

或許我該慶幸他沒有繼續反擊，否則以我跟他身材的比較，還有我左手尚未痊癒的情況看來，鐵定會被他痛宰。

看著阿唯錯愕地坐在地上，手捂著臉頰，我留下了一句話：「繼續你無聊的人生觀吧！只要你別再傷害郁芬。」

扶著郁芬，從我剛剛上來的小徑下去，我們慢慢地回台中。

「謝謝你，阿哲。」

回頭，郁芬的臉色依然蒼白，我看見她哭過之後的微笑。來的時候太過著急，我竟然忘了幫郁芬準備安全帽。我選擇走舊的省公路，路上商店多，倘若郁芬需要休息，也不怕荒郊野外的不著邊際。

「謝謝你，眞的。」她說。

用手輕輕拍拍郁芬抱住我的雙手，我回答：「我沒有什麼能爲妳做的，有的，也只能如此。」

天很黑，招牌霓虹很刺眼，郁芬的身體與我相貼，我感覺到她沉緩的呼吸，一絲絲的氣息，還有起伏的胸口，很寧靜地靠在背後，於是我覺得自己的心也跟著平靜下來，連FZR都很乖，慢慢地走著。

不過平靜寧煦的感覺，只到郁芬家爲止。我們在半路上休息了兩次，一次讓郁芬上廁所，我把汽油加滿，一次在便利商店停車，我買了一瓶礦泉水給郁芬喝。到了她家樓下，我說可否請楊妮下來扶她，郁芬問我爲什麼。

「三更半夜了，我這樣上去不好意思。」

郁芬笑了笑，打了電話，然後所有的平靜與溫馨，就從這裡消失了。

「姓徐的，怎麼是你？你又幹了什麼事？」楊妮一走出電梯，看見身體還很虛軟，臉色奇差的郁芬，馬上就開火了。

「你是不是不鬧出人命不會甘心呀！我……我……」氣急敗壞的她，自己也跛著腿，還打著石膏，所以只有一隻腳上有拖鞋，我還來不及解釋，就看見那隻拖鞋朝我飛過來。

郁芬可以丟一下午的抱枕，卻沒能命中我身體半次，楊妮的準頭則更差，我本來還想伸手去擋，不過那顯然是多餘的，因爲我才抬手，就看見那隻拖鞋，以相當完美的拋物線越過我的頭頂，帶著大家詫異的眼光，直接飛到對面大樓的二樓陽台去了。

「我現在是該笑還是該解釋？」我問郁芬。

她笑了，我也就跟著笑了。

42

貓咪問我，這樣的千里救援，有沒有讓郁芬很感動，我說郁芬大概沒有心情去感動，她要嘛應該非常傷心難過，不然也會因爲心口絞痛，痛得沒時間多想。

「那這一趟不就白去了？」

「至少在她最需要的時候，我在她身邊呀。」

「如果她連一點感動都沒有，那你的存在跟隻野狗有什麼差別？」

貓姊請我們吃了一頓麥當勞，慶祝她找到新房子，同時也是預付我們幫她搬家的酬勞。

「沒想到這個補習班的工作，會是這樣收場的。」她很無奈。

「這可能就是所謂的世事難料吧。」我說。

我把這陣子的事情告訴貓姊，她聽完以後問她弟弟：「如果是你，這兩個女孩你選誰？」

貓咪很嚴肅地回答：「我選一號餐。」

「其實，『成熟』或『坦然』都是抽象的東西，經歷的人生愈多，這些特質就能夠慢慢養成，與其現在去想這些，不如想想你下個月的零用錢吧！」貓姊爲我昨晚以來的迷思，做了一個結論。

「或許紓雯出國之後，你的問題會簡化一些，也可以趁這機會，整理一下自己的想法。」貓姊說：「不過在你整理自己之前，記得先來幫我整理家當，先搬完家再說。」

昨晚回到家，我陷入了很複雜的迷惘。郁芬喜歡成熟的男孩，但我很不成熟地朝阿唯揮了一拳；紓雯欣賞我的坦然，但我卻連自己喜歡郁芬的心事都很難清楚交代，甚至連完整說一次抱歉的勇氣都沒有。

我試圖把郁芬的事情先放到一邊，打算在紓雯出國之前，好好地，把該說清楚的事情說清楚。即使我知道她這一走，可能從此天涯陌路，就像貓姊說的，藉由她的出國，可以簡化問題，但是我知道，簡化的只是我、紓雯、郁芬三個人的矛盾，關於我與紓雯之間的心結，卻不可能因此而淡化。

「我想，或許我應該跟她說清楚。」我對貓咪說著，順便將一箱的書丟給他。

貓姊搬到中港路上的新光三越附近，我們租了一輛小轎車，把貓姊的家當給運過來。

「你要怎麼說？說：『哎呀，我很抱歉，不過總之我選擇的不是妳，所以妳還是乖乖死心出國去吧！』這樣嗎？」貓咪很鄙夷地回答。

「總是應該說清楚的吧？」我說明給他聽，還舉了關雲長要千里尋兄時的經典對白，關羽是這樣說的：吾來時明白，去時不可不明白。

「放屁。」他給了我最直接的回答，「感情的事情，如果可以這麼簡單就一筆勾消，那我們還需要那麼多倒楣的情歌幹什麼？」

於是我將這段弄不清楚是欲迎還拒，還是欲拒還迎的感情找了一首主題歌——楊乃文的「祝我幸福」。

關於感覺的開始，我們誰都無法解釋，許多回憶都在不知不覺間累積，而轉折，則在匆匆之際發生，難以釐清。

我請貓姊幫我挑了一副純銀耳環，我則在學校的社窩裡面，自己用吉他彈唱了這首歌，再請學弟幫我製成CD，兩樣東西，用手工製的紙盒裝好，在補習班總班的樓下，蹲著等了兩個半小時。當紓雯下樓時，我的腿已經麻得快要走不動了。

「我就說等我下班，再打電話給你的，你偏偏就不要。」

原本紓雯說今天要開交接會議，結束時間不定，希望她下班之後再到北屯來接我的，不過我拒絕了。沒有一個男人應該在這種時候，還讓女孩子來接送的。我堅持騎著小凌風，到補習班來等她，而這一等，我從晚上八點，一直等到了十點半。

「該交接的部分都已經差不多了，我哥哥再怎麼不情願，也不能擋著我想往前飛的渴望。」她說。

拍拍我痲癢難當的雙腿，我把禮物先交給她，正打算努力站起來時，卻看見了大樓電梯門打開，走出了阿澤先生。一時之間，我們陷入了尷尬的場面，紓雯的表情讓我知道她很難做人，阿澤先生的臉更是青一陣白一陣的。

「嗨。」我發現阿澤先生已經換了一副眼鏡，看來那一拳，我把他眼鏡給打掛了。

「徐老師。」他點點頭，勉爲其難地微笑。

「我已經不在這裡工作了，所以徐老師三個字萬不敢當。」我說。

阿澤先生尷尬地看看我，然後在紓雯耳邊悄悄說了幾句話。我還痛苦地半蹲著拍著麻癢的腳，就看見阿澤先生朝我點點頭，然後一個人落寞地消失在巷子裡。

「他說，剛剛他下樓時，我哥哥要他聯絡你。」紓雯說。

「我？」我很訝異。

「看樣子還是在談資優班策略吧？因爲策略是你想的，所以我哥哥一直想找你回來。」搖搖頭，我對紓雯說：「原地踏步，不是我們該做的事情，對吧？」

坐在眞鍋咖啡館裡頭，我的炭燒冰咖啡始終沒有動過，紓雯的漂浮也沒有喝，我們卻很有默契地，先點起一根香菸。

「我想，總有一些話，是我得說明白的，不然我會無法釋懷。」

「其實你不說，我同樣了解。」紓雯吐出一口煙，很輕聲地說：「你的選擇已經很明白了，不是嗎？」

她沒有激動、沒有生氣、沒有任何一絲不悅的情緒，有的，只有姣好的面容上，微蹙的柳眉，所透露出來的感傷而已。

「抱歉，其實我早應該清楚對妳說的。」深深吸了一口菸，我說：「我喜歡她。」

經過了一段時間的安靜之後，紓雯問了我一個奇怪的問題，她說：「如果沒有遇見她，你會愛上我嗎？」

我點點頭，給了她一個微笑。這時候再說明什麼，似乎都嫌晚了點，而我也不希望再多談起過往的事情，來增加傷感的氣氛。

「那麼，希望她可以給你，你想要的那種幸福。」紓雯也微笑地說。

愛情沒有可以依循的道理，人生亦同。在結束這場約會時，紓雯說，她把在網路上看到的我的小說，推薦給她所認識的出版社的朋友，對方居然相當有興趣，紓雯把她朋友的名片遞給我。「或許你會認爲，我又多事了一次，不過我不是想幫你，我只是覺得，你的小說除了感動我之外，應該還可以感動很多人。」

今晚的紓雯，讓我感覺很柔細，沒有那種灑脫。我們在咖啡店外面，她打開車門時，回頭問我，下個月初她要去機場時，我能不能去送她？我點點頭，給了她一個百感交集的笑容。

有些時候，依靠著眼神的交會，我們就能夠懂得對方的心意，紓雯曾說過，那是因爲我們同是有夢想的人，也是勇敢、認眞活著的人。看著她的車離開視線，我覺得汗顏，我的夢想還不知道在哪裡，研究所只是空談，手中這張出版社的名片也只是張薄紙，至於那所謂的勇敢與認眞……我不敢多想，怕會掉下淚來。

不是自慚於自己其實的庸懦，而是悲哀著，我與紓雯之間，她那種，我望塵莫及的堅毅。

我會努力尋找幸福，也希望妳會祝我幸福。

43

「跟她說清楚了？」貓咪問我。

點點頭，迎面的是菸酒味與震耳音樂聲，我們進了PUB。A-La是台中很有名的音樂PUB，知道我的心情差，所以貓咪傳了手機訊息給我，要我晚上到這裡來，請我喝酒。

「我覺得非常悲哀，沒想到感情始終是我這麼多年來，最無能處理的事情。」

「就像電呀，誰能知道電的流向有什麼道理呢？」

「這是第一次，我感覺到愛情背後，那些一個人成長的元素，原來也如此重要。」

「就跟電阻、電容一樣，不起眼，可是有絕對的影響力呀！」

「誰能夠勇敢面對自己的感情呢？」

「所以沒有人眞正了解電能的。」

我想起今年年初，貓咪炸燬技術檢定考會場之後，我們在永和豆漿店的對話，他也笑了。

「算了，喝酒吧！」

「算了，喝酒吧！」

最後我們一起說。

震耳欲聾的音樂聲中，貓咪大聲對我喊著：「要不要再去向郁芬告白？」

我大喊著回答，說我告白過很多次了。

「你不是常常寫些有的沒有的詩？寄給她嘛！」

「不要，我覺得那像苦肉計，我不喜歡！」

本來很私密的事情，到了這種地方，都變成菜市場的吆喝聲了。貓咪點了一手海尼根，我們一人三瓶，盡情地喝著。

他問我，對於紓雯的事情，會不會有遺憾。我說這不是遺憾，而是面對一個這樣優秀的女孩，不管是氣度或外在條件，我都認為配不上人家，儘管這些紓雯不在意，但是我卻不能也跟著無所謂。

「可惜呀！早知道我就追了！」

「來不及啦，她下個月要出國了！」我告訴貓咪說，紓雯下個月就要去紐約的外貿公司工作了。

「那正好，過兩年我去領諾貝爾發明獎的時候，可以到美國看看她。」

我哈哈大笑，跟貓咪說，等他拿到諾貝爾獎的時候，紓雯都已經是兩個孩子的媽了。貓咪也不甘示弱，他大聲喊著：「就算是這樣子，到時候你也還是個處男！」

回到家，洗過了澡，洗去了一身酒味，卻洗不去滿腦袋的暈眩，朦朧中，我看見BBS信箱有封信件。

【作者】topos（雲凡）
【標題】無主題
【時間】……

我應該對你說聲謝謝，這些日子以來，你幫了我很多。

那些往事，我不會忘記，我想你也會記得很清楚，事情變這樣，這出乎我的意料之外，我想你也很難相信。無論如何，且讓我在這裡，對你說聲：謝謝。

心情好了很多，我會慢慢調適自己，讓自己從過去錯誤的幻想中覺醒過來，謝謝你在我最需要朋友時，這樣不辭辛勞扶持著我，謝了。

P.S.在這裡，還是習慣稱呼自己為雲，就像……你是風一樣。

雲凡

打著酒嗝，我喝著冰涼的烏龍茶，耳中彷彿還聽得到PUB裡的搖滾樂，可是心卻慢慢沉落了下來。想回封信給郁芬，跟她說，不用這樣客氣，我要的，不是她客氣的對待。

「這怎麼辦？」我問貓咪，他手上拎著一件內褲，晃呀晃的正打算去洗澡。「居然跟我客氣起來了。」

貓咪反覆把信看了幾次，問我說BBS怎麼玩，於是我從基礎開始教他，怎樣登錄BBS站、設定新的帳號，最後是設定「我的最愛」看板，還有簡單的使用功能。

「這裡只能打字喔？」貓咪問我。

「當然，這裡沒有你喜歡的金澤文子寫眞集，也不會有那種奇怪的色情小說。」

「那你幹嘛浪費我的時間呀？」

我還來不及辯解，他居然甩著那件內褲，又晃出去了。非常無辜的我，獨自坐在電腦前，我想把自己寫的許多心情告訴郁芬，把這些文章都寄給她，讓她了解我的想法，不過後來我放棄了，這樣做，我總是感到矯情，像是在爲自己博取同情似的。

如果我跟郁芬，也有像我跟貓咪那樣的默契該有多好？那些個假裝得無所謂的表情背後，所有的想法，就不用這樣難以表態了。

「發什麼呆？」我的後腦勺被拍了一下。

回頭看了一眼，我說：「妳不能穿得像大人嗎？老是穿著童裝？」

今天的天氣很好，郁芬穿著無袖的背心和七分褲，整個人像從童裝櫥櫃裡走出來的人偶似的。

「咦，你怎麼知道？」她居然很高興地跟我說，這的確是童裝，而且是最大號的童裝。「我去『愛的世界』買的，你不知道，店員幫我找好久，才找到的最大號耶！」

我看著她興奮的樣子，忽然有種說不出來的感覺。或許就這樣，會是最好的。

「我的腳快好了耶！」郁芬說，她去看了醫生，醫生說她可以騎機車了。

「所以，我就快可以光榮退伍了是吧？不用再當妳的專屬駕駛兵了？」

小凌風的速度不快，因爲我不曉得，還能這樣接送她幾次，所以我決定，更珍惜她坐在車上的每一分、每一秒。

「阿哲。」郁芬叫我。

我覺得陽光很和煦，涼風輕輕。

「阿哲。」她又叫我一次。嗯，多叫兩聲來聽聽吧！我喜歡聽她這樣叫我。

「你是死了喔？」突然之間，「啪」的一大下，郁芬從我安全帽拍了下去，害我差點掉下車去。

「雖然腳還不大方便，不過我想下禮拜開始，我就可以自己騎車了，你也不用這麼辛苦了，看！我對你很好吧？」郁芬說。

「我沒說過我很辛苦呀，妳怎麼知道我不是心甘情願的？」我回頭問郁芬。

「是嗎？我看你的臉明明就寫著你很委屈。」說著，她又露出犬齒。

今天我又穿著紅色的上衣，郁芬拉拉我的衣袖，喊著：「已經快跑完全程了，加油，用點力吧，哈，我的赤兔馬！」

我眞的很想跟她說，跑完全程的那一天，其實應該是她對我說「我愛你」的那一天，不過這話我可不敢亂說，鼓足油門，到了嶺東技院的校門口，郁芬下車之後，又拿出一盒巧克力給我，說：「後天我生日，帶著你們家的笨貓來吧！我請你們吃火鍋。」

「在哪裡？」

「我家。」她說：「吃完火鍋，你們可以順便把那台恐怖的咖啡機搬回去修理。」

愛情沒有跑完全程的一天，我願意始終是妳的赤兔馬。

44

其實郁芬不知道，我跟貓咪都是飯食主義的人，吃火鍋一定要配飯，不然根本沒有飽足感。

「跟她講一下，要她改請別的，不然我寧願吃7-11的便當，也不要讓她請。」貓咪說。

就爲了這樣，不會煮飯的郁芬，還拜託楊妮煮了一鍋飯，準備給貓咪吃。

赴約前，受郁芬囑咐，我跟貓咪還騎著車，順路去買了一大包冬粉。

貓咪先是抱怨著白飯沒有菜，接著則懷疑這種大晴天吃火鍋的意義，我說我也不知道，不過人家總是一片好意，我們盛情難卻。

「我覺得她會找我去，根本只是想要叫我幫忙抬咖啡機回來而已。」他嘮叨著。

這場詭異的火鍋會，就是這樣展開的。一個小客廳，一張小桌子上擺滿了火鍋料，旁邊還有一桶白飯。郁芬跟楊妮坐小沙發，我跟貓咪坐小板凳。郁芬用古怪的眼光，看著互不對盤的貓咪跟楊妮，我則乾笑尷尬著。

「好熱喔。」貓咪說著。

於是楊妮去拿自己的大電扇來，我幫貓咪倒了一杯橘子汽水，郁芬幫他加了冰塊。

「這一帶空氣挺差的。」於是靠落地窗最近的楊妮去關窗子，我把電風扇移靠近貓咪一點，郁芬在貓咪的杯子裡，又多加了兩塊冰塊。

「我還要一碗飯。」這回貓咪自己直接把空碗推給楊妮。

「你以為你是什麼東西呀？你是我老爸嗎？我告訴你，全世界只有我爸敢叫我盛飯！」楊妮終於發飆了。

「妳離飯鍋最近嘛！」貓咪也開火了。

結果這碗飯，終究是郁芬是盛的，我拉住已經抓起馬克杯要行兇的楊妮，勸她息怒。

「貓頭貓臉，還挺能吃的。」

「妳斷了一條腿，吃得也不比我少。」

「菜是我買的，我不能吃嗎？」

「妳剛剛夾的都是冬粉，冬粉是我買的。」

有些人，打賭一輩子沒贏過，我就是那一種；而有些人，吵架一輩子也沒輸過，貓咪則堪稱代表。

我跟郁芬在驚濤駭浪中，吃完兩碗火鍋料之後，便逃到陽台來。郁芬說，楊妮腳傷之後，情緒特別容易激動。

「除了搬咖啡機需要男生之外，這頓火鍋有沒有特別的意思？」我問。

「算是答謝你的辛苦吧，老是接我上課。」

「就這樣？」

郁芬微笑著說：「這問題，進入哲學層次了喔？」

我也笑了，或許感情眞的是哲學的問題，充滿了變數與激盪，所以才會需要那麼多愛情專家，也才會有那麼多貓咪說的「倒楣的情歌」。

「阿哲，我想問你一個問題。」郁芬問我：「以前我說我不相信你的告白，所以你拚命要告訴我，還說你總會證明給我看，還記得嗎？」

我當然記得，那是我們在線上聊的，說要證明的人，其實是貓咪，不是我。

「這次在日月潭發生的事情，應該可以算是一次證明了，那爲什麼你不用言語來配合你的行動，再告白一次？」

這話會出自郁芬口中，我覺得相當詫異。郁芬笑著解釋，其實這是楊妮叫她問的。

「不過，我也眞的想知道。」她說。

「不再告白的理由有很多，當然，妳有病，妳會咬人的成分……」我嘟囔著說。

「徐雋哲，最後一次我警告你，注意你以下的發言。」她朱唇微張，秀了一下犬齒給我看，卻滿滿的都是笑意。

四月的天空很藍，聽說美伊戰爭打得正精采，也聽說大陸過來的SARS病毒正要開始流行，但我一點感覺都沒有，心情出奇地平靜，也絲毫不受客廳裡那兩個爭執中的瘋子所影響，我又看了郁芬一眼，輕輕地說：「我以為我喜歡妳的這件事情，其實妳早已明白，既然早已明白，那何必我一再地說，妳不是早該聯想得到嗎？」

她笑了，很溫柔地笑了，這是回報給我第一回在她面前告白的方式嗎？郁芬搔搔頭，她很輕盈地說：「有些東西，需要完整的呈現之後才能教人相信，比如情感。」

她說，她認識的風，很愛唱自己的歌，可是老是五音不全、荒腔走板，於是常常惹得她氣憤莫名，甚至還會想咬人。

我忽然警覺，似乎哪裡不對勁，那是幾近於動物本能的直覺，雖然說不上來，可是我卻感覺到了。

用手指捲弄著頭髮，郁芬說，有些時候，風不讓她聽見那些背後的聲音，所以她不懂，就算似乎要懂了，也只好裝作不懂。

「妳要不要……說得更明白一點？」我帶點懷疑。

在我還想要問得更清楚點時，落地窗被猛力推開，貓咪對我喊著：「你去告訴那個斷腿的，到底你是不是處男？」

「我？」

剛剛我們出來的時候，他們吵的還是盛飯的問題，不曉得為什麼，竟然扯到我身上來了。

「一丘之貉、狼狽為奸，能有什麼好東西？」楊妮大喊著。

貓咪的手按著我的肩膀，很沉重地說：「兄弟，我是在保全你的清白哪！」然後又轉頭看郁芬，說：「我想，妳一定能明白的，對吧？」

最後為了讓他們安靜，我自掏腰包，拿出一張千元鈔給貓咪，請他帶著楊妮去一趟便利商店。

「隨便買什麼都好，拜託請你們暫時不要回來，至少，在我告白結束之前，請你們暫時消失。」我說。

客廳裡杯盤狼藉，板凳翻倒在地上，飯鍋也倒了，我看見一枝衛生竹筷，就插在火鍋裡頭，還有一堆殘羹剩餚，灑得滿桌都是。

一片混亂中，只有郁芬家的小音響，正好唱到楊乃文的專輯，這張我也有，聽的是「應該」這首歌。

「如果不看這一邊的話，今天的確是個相當美好的下午。」我用手貼在眼前，遮住了那一團亂，只看向郁芬與落地窗外的藍天。

「那如果不看這一邊的話，今天則的確是個相當遺憾的下午。」說著，郁芬則用手遮住我這邊，只看著滿桌凌亂。

「遺憾？」我納悶著，心中那種莫名的不安預感愈來愈強烈，彷彿鴻門宴的重頭戲即將上場。

於是粉紅色的木門推開，我來到從未見過的世界。鋪著水藍色床單的床，印著大海豚圖案的棉被整齊地堆在床尾。

有張小和式桌在床邊，桌上擺著電腦，另一邊是衣架，上面掛滿了大尺碼的童裝，還有一排小書櫃，書櫃上，有張金城武主演的電影、「心動」的海報，這是郁芬的房間。

「你應該讓我看的，至少，我會多懂一點。」她說著，打開了電腦。

我看見我們常待的那個BBS站，看見了郁芬輸入的個人帳號及密碼，進入了她的信箱。信箱有很多信件，包含我對她那篇實在不怎麼樣的小說〈愛上麻煩〉的回應，她居然都還留著。

按下了Page Down鍵，跳到下一頁，我看見三封信件，寄件人是MiMiCat。

「你認識他嗎？」郁芬問我。

不安的預感到此抵達頂點，不過我沒有失聲驚叫，還強忍著搖搖頭。郁芬跳出「信件選單」，轉到「查詢網友狀態」，鍵入了MiMiCat這個帳號，我一看都傻眼了。

這個人上站三次，沒有發過半篇文章，是個完全的新手，而他的名片檔是這樣說的：

> 我會拿到諾貝爾獎，不過你卻得一輩子單身。
> 如果你正在查詢我，你應該給我一個擁抱，
> 因為，你的幸福，是我幫你完成的。
>
> 貓咪

眞相大白時我該說什麼？我只想擁抱妳，還有你。

45

事情轉折得太過突兀，我坐在頂樓的圍牆邊，望著台中市灰濛濛的天空，風吹得我暈頭轉向，一邊發呆一邊傻笑。

腦海中，想起那天下午，吃驚地看著螢幕，嚇得張大了嘴，半天合不攏的自己。

【作者】MiMiCat（貓咪）
【標題】阿哲的祕密現場報導
【時間】……

我是貓咪，妳不必認識我，反正那不重要。
往下看，我給妳看阿哲的祕密……

世界的兩端　妳和我同樣孤單　失眠的指尖　敲著不同的緩慢
祝福和遺憾　怎麼開始去習慣　又一個夜晚　沒說是愛或喜歡
這樣的夜太難堪　眼看著去留都兩難
在記憶的路上　當初的淚水算不算
無聲的夢太滿　我們走在風起雲湧愛情天秤的兩端　各自傷感

妳給我的辛酸　我用快樂承擔　寂寞的鍵盤　寫下一段又一段
我對自己說　如果時間再重來　那一個夜晚　我還會對妳說晚安
這樣的人太無奈　妳的笑我用淚去換
交換一個微笑　所有的辛苦就不算
別說人生短暫　已經愛都愛了何必再問這樣對妳　該不該

這是一首未完成的歌，我覺得歌詞不夠工整，所以還沒譜曲，但我將它放在我裝滿心事的檔案夾的第一頁，沒想到貓咪居然把它寄給郁芬了。

【作者】MiMiCat（貓咪）
【標題】阿哲的祕密 Part廿
【時間】……

未啓口的心情，未必不曾存在過。
那關於，我的妒忌。
當妳眼裡閃爍著因他而生的光芒，由他而來的喜悅。
之於我，會希望不要之於我。
承受，用強顏的笑。

而妳不解，於是，我依然在角落。
滿足且享受著疼痛的思念，我在這裡，不曾離開。
所以妳應該幸福，理當幸福。
因為在妳貼著他的臂膀時，我在巷口，顫著牙關，用忌妒，給妳祝福。

By 風

或許，其實妳希望接送妳的人是他，而我知道，即使我染了一頭金髮，依然無法在妳眼裡反射出那種光芒，所以我是忌妒的，非常忌妒的。

我承認，我承認，反正妳也看不見。

連這篇都出來了，記得看到阿唯載郁芬去上課那天，回來之後我寫了這篇，那時候還自怨自艾，認爲郁芬永遠不會看見我的感受，這下可好，什麼都看光了。

「這些……是什麼時候寄來的？」我顫聲問郁芬。

「重要的不是什麼時候寄來的，而是貓咪爲什麼要寄給我。」她說著，鍵盤往下按了一下。

我的心跳很急速，像是回到在麥當勞初見面那天，整個人無力發軟，我想起來，我寫過一篇心情，非常好笑，不知道貓咪偷偷寄出我的文字時，有沒有發現這一篇。

「第三篇很經典喔。」郁芬說。

完了，不會吧？

「前兩篇我看得很感動，也有點小錯愕，可是第三篇我就笑了。」郁芬很輕鬆地說，好像寄件、收件人都跟她無關似的。

我嚥了口口水，還差點哽住，一瞬間，我想伸手去拉住郁芬，甚至有考慮過當場把她滅口。

「阿哲，其實你可以直接說出來，眞的。」

〔作者〕MiMiCat（貓咪）
〔標題〕阿哲的祕密趴三
〔時間〕……

這個是祕密中的祕密，白痴哲去洗金身了，我有很多時間可以偷偷看完他的祕密，找到一篇最好看的給妳看，看完妳要請我吃消夜。

以下：

最近我常打架，不過都是一拳就結束了。打了老闆，丟了工作，打了情敵，也沒有追到老婆，而且自己還掛彩，我猜我一定很蠢，可是我覺得自己很神勇。

不過妳都沒看見，可惜，我想如果妳在場，一定會幫我咬老闆，在日月潭，如果不是身體不舒服，妳應該也會幫我咬人，誰叫他敢傷害妳。

其實我真的很喜歡妳，從第一次在麥當勞，就開始喜歡妳。

我不相信一見鍾情，即使有，也應該有觸發的原點，我想，會讓我動心的觸發點，應該是那一天，妳鼻子上面紅得很好笑的青春痘。

可是妳討厭我，妳一直都很討厭我，其實我覺得妳很笨，居然連我故意吸引妳注意力的小動作都看不透，難怪妳只能穿大尺碼童裝。

我該高興妳跟阿唯分手嗎？其實你們從沒交往過，我為妳感到難過，可是也不得不為自己偷偷竊笑，至少就因為這樣，我才有機會接送妳。

如果我跟妳說，我曾經在電子街，看見阿唯帶一個迷你裙辣妹去買A片，妳會相信嗎？不管妳信不信，我都不會說，因為我知道妳會傷心。貓咪要我出賣阿唯，但我做不到，用妳的眼淚換取我的機會，這種想法只有貓咪這種畜生才想得到，我雖然有點痞，但至少我不是這種吃飼料的動物。

今晚很無聊，線上沒有妳，我想起那些爭吵的夜晚，想起妳終於求我幫妳解決國文問題的夜晚，心裡很開心，妳睡了嗎？

我被往事糾纏著，老是睡不著，聽著楊乃文的「應該」，想著妳。從來沒有對一個女孩說過這樣露骨的話，從鄉下來的純樸少年，在都市裡學會了一句流行話兒，我想把它獻給妳：我愛妳。

By 哲

P.S.貓咪叫我把心情的文字寄給妳，我也很想，不過那是不可能的，我知道妳有病，妳會咬人。

吃完火鍋回來後，我們把爛咖啡機扔進大樓外的資源回收車，我問貓咪，他說：「反正不說不會更好，說了也未必會更壞，你這人就是光說不練、缺乏勇氣，所以連這種事情都得要我出手。」

走進電梯時，他又說：「這個問題討論過很多遍了，跟你講過多少次，夢想不是嘴巴說說而已的。」

貓咪說，愛情是最容易達成的夢想，因爲目標明確，敵手不多，成功率高達百分之五十，就是她愛我，或她不愛我。

「連一個四肢不健全的都搞不定，你也眞夠差勁了。」

不管怎麼樣，其實我都應該感謝貓咪。因爲在郁芬房裡，我們看完第三封信件之後，她是這麼說的：「我承認，我看完之後很感動，不過也很想笑，所以我有回信給貓咪，請他多寄幾封過來，同時我答應他會保密。」

「閣下大可不必這麼好奇。」我的臉皺成一團。

走出房間，我們在社區的小公園漫步，郁芬走起路來快了很多，雖然尚不能跑跳，但是行走已經很正常了。

「我身體不好，這你是知道的。」

在榕樹林的包圍中，我們走在狹窄的紅磚路上，肩捱著肩。

「因爲我不知道以後身體會怎樣，所以我不想耽誤誰，之前會想跟阿唯學長告白，是因爲我不希望看著他畢業之後，自己帶著遺憾繼續走下去。」郁芬輕輕地說。

「我知道，妳說過，我也了解。」

「所以，我其實是自私的，不是嗎？」

「愛情裡面，誰不是自私的？」我笑著回答。

原本並著肩走的兩個人，郁芬忽然停下了腳步，我又走了兩步，回頭看她。

「你。」她說。

陽光透過樹林，化作片片金光，灑在我們身上，幾個不同層次的綠色，圍繞在我們周圍，我看見郁芬很從容而平靜的臉孔，她正望著我的眼。

「你讓我糊塗了，阿哲。」把手放在背後，她稍稍低著頭，說：「我一直以爲，你對我早已死心，只是把我當成好朋友，所以那些告白的話，你才絕口不再提的，沒想到……」

「我一直都喜歡妳，只是我以爲妳都知道。」

「如果我知道，之前我就不會告訴你，我打算跟阿唯告白的事情了。」她有點吞吐，聲音也小了許多，我走回兩步，到她面前。

「愛情除了廝守，彼此的依靠與支持同樣重要，就像好朋友那樣，不是嗎？」

「包括支持我去向另一個男生表示愛意？」郁芬抬起了頭問我。

「我喜歡妳，可是我更希望妳擁有妳想要的幸福。」我說。

我看見一滴眼淚，從郁芬的臉頰上滑落。

今天下午的感覺很暖和，背上是榕樹林子篩過的日光，懷裡是溫暖的柔情，我擁抱著郁芬，在她額頭上輕輕地吻了一下。

那天的陽光，就像今天我在頂樓曬到的一樣溫暖。我想起郁芬說的，她說決定要去檢查心臟了，這是她答應我的，因為她不想當一個沒有權利夢想未來的人。

我微笑著，風很清爽，唱著甜美的歌聲。

直到傍晚，貓咪上來跟我說，紓雯打電話來，說有重要事情找我為止。

我的夢想，是不管走到哪裡，身邊都能有妳。

46

回撥著紓雯的電話時，心裡有種說不出的感覺，像是歉意，又像是感傷。電話中，紓雯告訴我，她紐約的學姊有消息來，因為公司正在準備擴大，希望她快點過去，是為了職位的卡位，也是為了讓她早點進入狀況。

「所以我想，這幾天就準備過去了。」

我知道紓雯的簽證與護照其實早已備妥，所以隨時可以出國，只是沒想到，比原本預定的時間還要早。

「妳好像不管到哪裡，都是碰到那種急著要擴大的公司，馬上就得投入戰場似的。」我調侃她。

「人生本來就是這樣，不斷前進的嘛。」她笑著說。

我跟她約好了下星期五晚上，一起去租車，隔天我送她到桃園機場，然後我回台中再還車。

「阿哲，星期五晚上，一起吃個飯，好嗎？」

「嗯。」

到最後，她開口約我吃飯的語氣，都還是落落大方。貓咪說，叫我記得留下她的聯絡方式，因爲他還在奢望著拿諾貝爾獎時，可以順道去紐約把馬子。

「你跟她之間，算是明明白白的結束了吧？」貓咪問我。

我說，這應該算吧，送紓雯去機場，是我唯一能爲她做的事情。貓咪點點頭。

「問她聯絡方式幹嘛？」

「到時候我要先問過她呀！我可不想我到紐約去看她時，她還在想念你，那我的機票錢不就白花了。」

懶得理會這隻笨貓，我獨自走回房間。

打開了床邊的小窗戶，任由輕軟的風吹進來，我看見桌上有本冊子被風吹得翻動著，那是紓雯給我的，各明星國中的資料。從這本冊子裡，我想到了資優班策略，穩住了阿澤先生的地位，也讓大老闆運用在彰化區的競爭上，更證明給別人看，我不是光靠著紓雯的推薦而被錄用的。

而今，一切都過去了，我已離職，紓雯也要出國了。回想起那段日子，總有些許不確定的感覺，既眞實，卻也朦朧。而我與紓雯之間，是否也結束了？我想是的，終於，我清楚地把心裡的話告訴了她，也跟她說了我喜歡郁芬的事情。

猜不到她會怎麼想，也不想猜。因爲我們之間無形的差距，猜測她，對我來說，太過困難。

或許，這是社會人與學生之間最大的差別，也或許，這是女人與男孩之間的微妙不同，除了單純的愛情之外，許多生活上的、人生中的規畫與計畫都有差別。

紓雯會許個願望，並且對目標層級畫分，像她說的，短程與中長程，現在她要去美國了，帶著她在台灣一年多的工作經驗，去走更長遠的路了；而我，會朝著希望，順著時間與際遇，慢慢前進；至於郁芬，她要的是平靜的生活，只要平順的生活就好，不求大起，也不想大落。

我介於她們之間，卻發現自己偏向後者，最後我選擇的，還是郁芬。

我想寫一個故事，關於一個無聊的男孩，愛上一個寫作能力實在不怎麼樣的網路女寫手的故事。

星期二的傍晚，寫完了男主角在麥當勞後空翻的那一段之後，我接到了郁芬的電話。她人在學校的醫務室。

這兩天，郁芬都告訴我，心臟老是悶痛著，才剛決定要去看醫生，她就又發病了。體育課時，郁芬在籃球場上痛得倒了下來，嚇得老師趕緊抱著她跑醫護室。

我趕到學校時，她的疼痛已經減輕許多了。

「妳其實不該做劇烈運動的。」我說。

郁芬搖搖頭，軟弱無力地說，她以前打籃球打得很好，心臟也沒有這樣痛過。

「我知道小時候開刀一直沒有治好，大概什麼該割開的沒有割開，又或者，什麼該割掉的沒有割掉，總之，就是這樣偶而輕微痛一下，也過了快二十年，沒想到最近才變嚴重。」

她說得很慢，試著讓自己的呼吸不要太過急促，但是我看見她每吸一口氣，眉頭就皺一下，想來心臟還是很不舒服。

讓她安靜休息了一下，楊妮也來了，還帶著晚餐來，又說要去幫我們買飲料。趁著只有夕陽與我們共處的時間裡，我把紓雯找我送她的事情說了，郁芬微笑著，輕輕擰我的臉，叫我不要亂來。我可以閃開，可是卻不忍心看她抬起的手臂落空。

「我一直以爲妳應該是會咬我，怎麼居然是擰我的臉？」我說。

「好好送她一程，這可能是你們最後一次見面了，以後天涯茫茫的，對吧？」她說。

看我點頭，郁芬放開了擰著我臉的手，緩緩收回到胸前。

「你結束了一個感情上的糾葛，就算是完全的空白了。我請我家人陪我去檢查身體，有必要就開刀，這樣，我也可以是全新的身體、全新的自己了。」她說著，眼中帶著些希望。

傍晚的光線，讓白色的醫務室染成黃橙色，淡淡的消毒水味、漿洗過的粉藍色床單與棉被，還有溫靜的郁芬，讓我說不出話來，只能這樣輕輕握住她的手。

「阿哲。」她的輕聲呼喚，讓我從一片瑰麗的色彩中回過神來。

「等我病好了，我們去普羅旺斯看看好不好？」

我想起來，那是郁芬說過，她想像中最美的城鎮。我答應了，順便告訴她，我想把自己寫作的小說，投稿到紓雯介紹給我的出版社去，雖然希望不大，不過至少是個機會。

「如果可以，等我退伍，我帶妳去普羅旺斯，而妳陪我去北海道看雪。」

她笑了，再沒有要咬人的凶悍，也沒有像個愚蠢大俠一樣的無聊，只是很純眞的，用大眼睛對我微笑。

因爲郁芬身體不舒服，所以我沒敢打擾她多休息，要買給紓雯的餞別禮物，是貓咪陪我去買的。

「這個時鐘好可愛，我猜紓雯也會喜歡。」我們在東海附近瞎逛著，逛進了鐘錶店來。

「拜託，你是去送行，不是送葬，買時鐘幹什麼？送終哪？」他圓睜怪眼瞪我。

「我喜歡嘛。」

「那我買給你。」

我趕緊阻止他。貓咪反對送鐘錶之類的，可是我們走了好長一段路，卻始終沒有發現比較像樣的禮物，想送大娃娃，怕她帶不走，而且嫌幼稚，我說我看過一部網路小說，叫作《大度山之戀》，男配角送給女主角的禮物是條鑽石墜飾，我覺得既符合紓雯的成熟，也符合紀念的意義。

「你有多少錢？」

「一千八。」

貓咪在路邊，很沒有水準地大笑著，他說一千八買不到鑽石，只能買到鵝卵石，叫我不要做夢了。

「那衣服行不行？」

「你不知道她的尺寸，而且穿久會破爛，她還是會丟的。」

「鞋子呢？」

「還不是一樣。」

「買書？」

「那等你自己出書了送一本給她比較好。」

「那我到底要送什麼？」我不耐煩地問貓咪。

這時候我們剛好走到一家西藥房門口，貓咪也很不耐煩，他說：「乾脆買暈機藥算了，省錢又實惠。」

最後我不得已，還是打了電話給郁芬。郁芬說，不能送時鐘，可是手錶則沒有關係。電話中，我聽見有廣播的聲音，像是醫院的廣播，依稀聽到是請家屬到哪裡哪裡似的。

「妳在醫院？」我的心糾結了一下。

「不用擔心，我陪楊妮來換藥，我也檢查自己的身體。」

郁芬說，今天她的家人來看她，現在都在榮總，她剛剛看完心臟內科，不過醫生建議找心臟外科會診。

「什麼意思？」走進鐘錶店，我每拿起一支手錶，貓咪就搖一次頭，一邊講電話，我一邊挑著。

「內科是看病因，外科就是可能要開刀了。」

「開刀？」我大吃一驚，手上剛好拿起一支錶，貓咪則剛好點頭。

「你不用擔心，你還欠我好幾頓賠罪飯，而且，我還沒看完貓咪又寄來的你的祕密，所以我不會有事的，眞的。」

我在錯愕中，聽見電話裡的郁芬，輕輕柔柔的聲音，這樣對我說。

如果我們都空白了，妳願意與我一起，爲對方畫上新色彩嗎？

47

紓雯穿得很隨性，也只擦了點口紅而已，我們在四維街的茶店吃飯。我拿出了要送給她的出國禮物，是一支粉紅色的SWATCH手錶，錶帶上面只有兩朵薔薇花的圖案，很簡單，適合她瀟灑的個性。

「怎麼會想送我手錶？你前前後後送過我不少禮物了耶。」她驚訝地笑了。

「到了美國之後，妳得把妳原本戴習慣的手錶，調整爲美國時間，而這一支，則讓它始終保持在台灣的時刻吧，這樣，妳就會想起台灣現在的時間、想起這裡的作息、還有這裡的人。」

紓雯看著我，微笑了一下，對我說：「這麼久以來，似乎都是你在說謝謝，現在這句話，總算輪到我說了，謝謝你，阿哲。」

「不客氣。」我也笑了。

又走回了第一廣場附近，這是我聽見紓雯說她喜歡我的地方。那時是晚上，夜風甚涼，而現在則是炎熱的午後，行人擾攘。

「你會不會想起我？」

「當然會。」我笑著回答，也反問她。

「我根本沒想過會忘記你，所以不需要回答這個問題。」

紓雯笑著，拉著我跑過剛剛轉成紅燈，車子開始起步的中正路。

「明天早上八點半，我在美術館大門口等你。」

傍晚，我打算自己去租車，決定先跟紓雯分手，讓她回去再檢查行李是否收拾妥當。在台中公園附近的茶店，我對紓雯說：「我先送妳回去吧。」

紓雯拒絕了，環顧著擺設得很現代的茶店，她說：「這家店很有名，以前我念書的時候常來，它的店名也很有意思，叫做『小騷』。」

坐在鐵條焊成骨架，上頭架著木板的坐椅上，我不懂紓雯的意思，只是點了個頭。

「你是第一次來，對吧？」

我又點頭。

「那麼，以後當你想起我時，就過來這裡，爲我喝杯玫瑰茶，好嗎？」

我想我永遠不會忘記，臨上計程車前，回過頭來看我的紓雯，她眼中其實早已氾濫的淚光。

於是就到這裡爲止了，我們誰都無須再多說什麼。落寞的感覺湧了上來，只是我不知道落寞是源自於我，或是源自於她。獨自一個人，我到了租車行，租了一輛白色的豐田轎車，車行老闆問我，是不是要出去玩，我搖搖頭，說是送朋友去機場。大概看我臉色不大好吧，老闆居然笑著說：「女朋友要走是吧？不要這樣，沒有關係啦，再找就有了呀，對不對？」

這些心情甚難形容，我嘗試著解釋自己對紓雯全部的感覺，可是卻很複雜。後來我沒有回家，卻打了電話給郁芬，找她一起出來。

「這次去豐原好不好？」她很興奮地說。

「豐原？」

郁芬很開心地說，豐原有個看夜景的好地方，在豐原高中的後山上，叫做公老坪。

「我知道，我去過。」

「那好，我去換衣服，半小時後見。」

掛上了電話，我覺得很疑惑，不曉得她在興奮什麼。

即使今晚的心情不是很好，但我還是被郁芬的美麗所吸引，她特意打扮了一下，展現出屬於她的成熟魅力。只可惜，個子不高的她，穿起裙子來，總還有點像穿著洋裝的洋娃娃。

「幹嘛穿成這樣？」我問她。

「好讓你知道，我除了大尺碼的童裝之外，還有別的衣服可以穿呀。」

我說也用不著在今晚穿吧，又不事先說好，害我一點打扮都沒有，只穿著很平常的上衣而已。

「把握機會嘛。」她微笑著說。

「把握什麼機會？」

「要你管，問那麼多幹什麼？」說著，她露出讓我心裡一突的小犬齒來。

公老坪可以望見遠處的豐原市夜景，還有高速公路的夜晚車流。我把車停在半山腰，安靜地看著夜景，吹著夜風。這裡是台中有名的賞夜景地區，旁邊還有小貨車，賣著現煮咖啡。

「我想喝咖啡耶。」

「妳心臟不好，能喝嗎？」

「就快好了嘛，而且只喝一杯。」

郁芬嘟起小嘴，用天眞無辜的眼睛望著我，還把雙手握起來，不斷說著：「拜託，拜託，一杯就好嚕。」

於是靠著欄杆，夜風捲動著手上的咖啡香味，我告訴郁芬，明天早上我會送紓雯去機場。

「我知道，你有說過。」

「妳……」我壓低了聲音。

「我什麼？」

「妳不會……」

「姓徐的，你不要以爲我穿著裙子就不會咬人喔，給我說清楚一點。」

「妳都不會吃醋嗎？」我膽顫地問。

「哈哈哈哈哈哈哈哈……」郁芬說她沒有必要吃醋，因爲我不是她男朋友。

「至少現在還不是。」她說。

「那有沒有機會是？」

「你很著急嗎？」她淘氣地看我一眼。

我想起貓咪說的，戀愛是成功率很高的夢想，會比拿發明獎或投稿去出版社還要容易許多，所以我決定鼓起勇氣，「有一種感覺，我始終無法清楚分析，我很想知道妳的看法。」

我告訴郁芬，關於今天傍晚送紓雯上車時的心情，郁芬笑著解釋：「不管你送她走，或我現在對你，其實都一樣，感覺這種東西，如果能夠輕易地形容出來，那生活還有什麼意思？我們還寫什麼小說？」

天上沒有星星，但是地面上的燈光卻燦爛繽紛，高速公路上的燈光，無止盡地延長到視線盡頭，淹沒在遠山後的一片黑暗中。

「不曉得這一條光帶延伸過去，又會是什麼樣子。」郁芬指著高速公路上的燈光說著。

「與其站在上面猜想，不如下去參與，成爲光帶中的其中一顆星星，那會更有趣。」

「不要，我喜歡站在外面看，不喜歡捲在裡面，一團亂，我會不習慣，也會怕。」

「我會陪著妳捲進去，不要怕，好嗎？」我握著她的手，輕輕地說，而她沒有把手收回去，只是微笑著。

郁芬的手有點冰冷，也有點僵硬。爲了不希望她吹風著涼，喝完咖啡之後，我帶著她上車，準備送她回家。

過了豐原，我轉上中彰快速道路，車子開得很快，郁芬輕輕哼著歌，然後問我明天出發的時間。我說，早上八點到紓雯家接她，中午前到機場，紓雯搭的是下午的班機。

回到郁芬家樓下時，我很體貼地先下車，幫她開了車門，讓我的大俠下車。她下車後，稍微拍了一下裙襬，然後問我：「你明天會帶著手機出門吧？」

「當然會。」

「記得開機。」

我想問她爲什麼，郁芬卻先說了：「有很多時候，我得花時間去拼湊你這個人。你很簡單，可是其實也很複雜，想的東西多，可是表現得讓我看不出來。」

「所以呢？」

「但是我知道，你絕對是關心我，也在乎我的，對嗎？」

我點點頭。

「看完貓咪寄給我的東西之後，我對你的認識又不同了，現在，我需要一點時間，好把我自己身體弄好，讓我把心臟的問題搞懂了，也治好之後，我才能用比較完整的我自己，來面對你這陣沒頭沒腦、四處亂吹的風。」

「妳上次去檢查的報告出來了嗎？」

「出來了，所以我要你明天記得把手機開機，因爲我會告訴你結果。」

靠著車門，我的腳在地上磨蹭了兩下，我說：「其實，不管妳的檢查報告怎樣，我的想法都不會改變的。」

「那不單只是你的想法，也是我的想法呀，好嗎？」

我們不在山頂上，也沒有在銀河的光帶中，就著微弱的大樓管理處的照明燈，在巷子裡，我看著其實成熟得與她外表很不相稱的郁芬，站在我的面前，讓我吻上了她的唇。

或許感覺永遠難形容，命運永遠難預料，但是我愛妳，我確定我愛妳。

48

一晚的好天氣，在黎明前下起了雨。輾轉難眠的我，聽見雨滴拍打窗戶的聲音，才發現天空哭泣了。

早晨的美術館，空氣很清新，紓雯一個人住在附近的公寓。我下車時，發現她有點黑眼圈。她的行李很少，只有一個大旅行袋而已。拿上車之後，紓雯遞給我一個紙包，說是給我的臨別禮物。

幫我拍去頭髮上的雨珠，我們上了車，彼此都沉默著。昨晚我把房間的唱片拿到車上，放著的還是我這陣子愛聽的楊乃文。紓雯問我，我說這是楊乃文的歌，唱的是「我給的愛」。

「可不可以把這張唱片送給我？我喜歡這首歌。」

「認識這麼久，昨天妳頭一次跟我說謝謝，今天第一次跟我要東西。」我笑著。

「可惜，卻也是最後一次了。」她輕輕地說，卻還是傳進了我耳裡。

於是，濛濛細雨中，車開上高速公路，直到過了三義，我們都沒再開口說話。只有我偶而打開車窗，點起一根香菸，而紓雯把音響的重複撥放鍵按了一下，讓楊乃文反覆唱著這首歌。

「你確定，你愛的人是她嗎？」

車子過了山區之後，天氣忽然放晴，不再是我以爲適合離別的細雨霏霏。

「是，我愛她。」回答時，我很堅定，但我只能看著前方，無法面對紓雯的雙眼。

「嗯，那就好。」她回答，也點起一根菸。

我把手機放在車門邊的置物槽中，以便郁芬打電話來時，可以馬上接聽，但是她始終沒打。一直開到中壢休息站，已經是早上十點四十五分了，我還沒有接到電話。

「你很心急的樣子，怎麼了嗎？」紓雯看出了我的心事。

「有很明顯嗎？」我苦笑著。

「你連買杯咖啡都手忙腳亂的，難道不是證據嗎？」她笑著說。

我把郁芬的先天性心臟病告訴她，紓雯聽完之後，要我最好主動打給郁芬。

「以女人的直覺來說，我知道她愛你，會對一個自己愛的男人這樣搞神祕，肯定不是正常的事情，所以，打給她吧。」走在休息站前面的廣場上，紓雯這樣建議我。

「沒想到你這麼心急。」電話那頭，郁芬的聲音很有精神。

我說我當然心急。

「其實我也看不懂那個報告，醫生說，先天性心臟病是很難治好的，真正解決的辦法，是換一顆心臟。」

「換心？」我在廣場正中央大聲地叫出來。

「你不要比我還緊張好不好？」郁芬笑著說：「醫生說，先天性心臟病，常常是心臟發育有問題所導致的，一個人到了二十歲左右，身體發育成熟了，可是心臟卻沒有，所以可能會負荷不了，於是造成衰竭，然後人就會死。」

我靜靜聽著，聽郁芬說：「這就是我說過，我有病，我會咬人的原因。而除非有心臟可以換，否則單純開刀，做一些類似心臟瓣膜修補的手術，其實沒有太大幫助的，失敗率高，而且復發機率大，這種手術，講難聽一點，就是多花錢、冒個險、延長一下壽命而已。」

我很專心地聽著，很難想像，郁芬竟能夠這樣平靜地談論著自己生命可能隨時消失的事情。

「那麼……現在的情形呢？」

郁芬笑了，她說：「就算沒有心臟可以換，手術還是得做，對吧？我好歹要多活幾年，等你帶我去普羅旺斯耶！」

我有一種眼淚即將流下來的衝動，站在廣場中，連呼吸都有點困難，整個人也失神了。

「阿哲，你在聽嗎？」

「嗯。」

「你要幫我禱告喔，好不好？」

「嗯。」我覺得很難過，甚至想乾脆把自己的心臟掏出來給她算了。

「那麼，我晚點給你消息。」

「什麼消息？」

「晚點就知道了嘛。」她帶著笑，輕輕對我說著：「你答應我，乖乖等我消息，我就跟你說一句，你最想聽的話。」

「好，我答應妳。」

「嗯，乖小孩，那麼，注意聽了……阿哲，我喜歡你。」

「怎麼了？」紓雯問我，她已經走到我面前來，站在我正前方了，而我居然一點感覺都沒有，腦海中盡是郁芬說過的那些話。

「她說，唯一的方法是開刀。」我轉述了剛才郁芬說過的內容，說完之後，自己又深陷在龐大的迷惘中。

「阿哲。」

我抬起頭來，看著思索中的紓雯，她說：「我想跟你講一下，剛剛我在車上想了很久，做了一個決定。」

「決定？」

「不如，你就送我到這裡就好，中壢休息站有往機場的轉乘車輛，我想自己坐車過去就好。」

「爲什麼？」

紓雯站在我面前，雙手握著咖啡杯，說：「因爲我想了一個晚上，終究還是想不到，應該用怎麼樣的心情與表情，面對送我到機場的你。」

原來，這是她一夜沒睡好，所以才帶著黑眼圈的原因。

「而且，我認爲你現在應該陪在她旁邊。」紓雯說：「或許只是我的感覺，可是我覺得，總有些怪怪的。即使我並不認識那個叫作郁芬的女孩，不過我想，她的個性是很倔強的吧？」

看我點點頭，紓雯繼續說：「所以我猜她是那種有事情只會悶在心裡打算著，也不願拿出來講的人。你剛剛跟我說了她的那些話，總讓我覺得有點怪，像是……有什麼祕密一樣。」

「祕密？」我很吃驚。

紓雯點頭說：「所以，因爲這兩個原因，你還是回去吧！我想，我可以一個人去機場，這樣，也會對你我都好，好嗎？」

爲什麼這時候她還要這樣爲我打算呢？我望著紓雯，她把行李放在腳邊，手裡拎著我剛剛拿給她的那張楊乃文的專輯，她點起了一根香菸，一個纖弱的女子，就要出國去飛翔了，帶著的是一段回憶，與一段不成功的愛情，可是臨別前，她還在爲這個傷害她的男孩設想著。

「妳曾說過，我是一個坦然的人。」

「嗯。」

「但我想，其實我不是，所以，最後才傷了妳的心。」

紓雯笑著搖搖頭，她說：「至少你現在還會對我這樣說，那就已經夠坦然了，不是嗎？」

是嗎？我不知道。

車子慢慢駛離停車場，我在再也望不見紓雯的轉角處，停下了車，打開她給我的紙袋，裡面是一本幾米的畫冊，封面上寫著：

紓雯

我永遠不會忘記那個令我心動的，坦然的大男孩，也希望你，永遠記得我，要記得我。

或許這不是最好的結局，但至少證明我曾單純地這樣愛過。

我承諾，我會牢牢記得如此愛過我的妳，永遠。

我在心裡承諾著，我會牢牢記得這個永遠都在爲我打算的，深愛過我的女孩，但是很奇怪的，我卻沒有非常悲傷的感覺，明明我是應該在感傷中激動的人，竟然卻一點知覺也沒有。翻了一下畫冊，我對幾米並不熟，只覺得每張畫裡面，似乎都頗有深意。

爲什麼呢？是因爲現在居然出了大太陽？還是因爲之前我已經感傷了好久，眞正離別時，卻反而麻木了？我想問問誰，希望誰來告訴我，爲何我竟然沒有很濃烈的感傷意味，於是我拿起了手機。

而在一瞬間，我忽然懂了，不是我早已麻木，更與天氣無關。因爲我稍微按了一下手機，我看見方才撥出的電話，是郁芬的電話，我看見路邊的指示牌，寫的是往台中的南下方向。

不是我對紓雯的離開沒有感覺，而是因爲我的心，其實早已懸掛在郁芬身上。腦海中不斷想起曾經發生過的一切：那篇「永久板壞」的公告，那些BBS上的對峙，還有我努力想討好她的那台咖啡機，以及後來我去大甲救她，我們去找錢包，一起推著小凌風，在午夜的省公路邊，乃至於到日月潭去找她的種種瘋狂，可以想起來的事情太多了，我努力地想做點準備，爲了以後的夢想打基礎，但哪裡知道，最後原來我的夢想，只不過是好好陪伴著這個我深愛的女孩而已。

而更哪裡曉得，陪伴一個自己深愛的人，感動她、擁有她，竟也如此地艱難。長長地吐了一口氣，我想點根香菸，卻發現手機有兩封新訊息：

收到訊息時，你會在哪裡呢？在路上了嗎？回來的路上了嗎？我想跟你說，這是第一次，我有如此強烈的感覺，我好想，好想，好想見到你。真的，比任何時候都還要想。

這是郁芬忽然傳來的第一個訊息，看完之後，我忘記了高速公路上，有測速照相機的可能，把豐田汽車當成法拉利在開。

我知道，其實你的心並不空白，即使你已送走了她，但我知道，你心裡還有我。所以，為了你，為了長久以來你對我的付出，我決定，拿完整的自己來面對你。

在路上，我一手握著方向盤，一手按著手機，不斷看著訊息：

我能愛你嗎？我知道我可以，因為你愛我，因為我終於看見了你愛我。但我拿什麼來愛你呢？我不願意讓你再為我流淚或生氣，所以我會很乖，不會再咬你，真的，等我沒病之後，我絕不會再咬你。

心一直糾結著，我貪婪地將每個字都看得清楚，而手卻不由自主顫抖起來，看一下時速錶，竟然已經開到了一百三十公里。

她的訊息傳來得很快，我猜想，她是已經先打好之後，全部儲存起來，然後才一一送出的。

答應我，快點回來，我好希望這裡有你，就像那天，在學校的醫務室一樣，有你陪我。我不喜歡這裡的白牆壁，我喜歡有你在的感覺。

很想撥個電話給郁芬，可是我撥不出去，內心過度的激動，讓我忘記了自己講話的能力，終於，有眼淚滑下了我的臉頰。

親愛的風，我喜歡你，雖然我沒有好好說過，也雖然我始終對你不好，可是現在，我知道我很喜歡你，愛你。手術是下午一點開始，我已經要準備了，聽說危險性有點高，而以後的復發率也很高，可是我沒得選擇。

爲什麼？爲什麼她不告訴我呢？握緊了方向盤，我直接開上了路肩，避開中壢一帶的車潮。

知道你會很替我擔心，知道你會恨不得飛回到我身邊，抱歉，但我是故意的。為了要用健康的身體、完整的生命，對你說那一句話，所以我故意不告訴你。手術成敗，就交給上天吧！現在請你答應我，慢慢開車，不要急，我在榮總等你。我也答應你，在我睜開眼睛醒來之後，會對你說一聲：我親愛的男朋友，我愛你。

我把手機放下，伸手抹去了臉上的淚水，車子快速地前進，往南方，往郁芬所在的方向，我知道她需要我，就像我幫她解題、去大甲接她、去日月潭找她一樣，她需要我。

對著空氣，我輕輕說著：「我答應妳，我會去看妳，聽妳說那句話，所以妳要堅強、要加油，我很快就到。」

南方是雨後的天空，一天的陽光從層層雲中探出一點頭來，若隱若現，充滿了不安與茫然，連光線，都在朦朧的感傷中，勉強地、努力地掙扎著。我望著車潮，準備再加速去超越下一部擋在前方的車輛。不得不如此，因爲台中榮總裡，現在有個女孩在那裡，她即將要進行心臟開刀手術，我很擔心，擔心著聽不到她說她愛我。一如天空，那陽光在擔心著，擔心著風吹不動雲，唯有讓清風吹動浮雲，才能讓幸福的光線，照耀著世界一般。

腦海中閃過一段旋律，是我始終未完成的歌，我哼著：

妳給我的辛酸　我用快樂承擔　寂寞的鍵盤　寫下一段又一段
我對自己說　如果時間再重來　那一個夜晚　我還會對妳說晚安
這樣的人太無奈　妳的笑我用淚去換
交換一個微笑　所有的辛苦就不算
別說人生短暫　已經愛都愛了何必再問這樣對妳　該不該

如果生命結束的那一天就這樣到來，請聽我如此對妳說：我愛妳。

〈全文完〉

後記

傾訴風的輕柔歌聲

到底故事的最後，女主角開刀結果如何？當郁芬終於愛上了阿哲，緊接著而來的，卻是生死交關的手術，結果會如何，我想會有人想知道，因為我也想知道，不過答案不是我給的，是醫生給的，也是老天爺給的。

這是我的第二個長篇愛情故事，跳脫了《大度山之戀》的悲情之後，我想寫點比較輕鬆而生活化的。這篇小說在網路上發表之初，有很多人覺得不滿意，認為似乎失去了我應該有的水準，但是我真的想說：愛情，不應該老是在流淚與傷痛，更多的時候，它吸引我們的，應該是甜蜜與歡笑。

所以我堅持不把故事改得很波濤洶湧，因為這個故事的名字，叫作《聽風在唱歌》，可不是《聽風在哀嚎》，希望所有的朋友，在閱讀這個故事時，能去體會每個故事人物的樣貌，我們都可能不小心，就成了其中一個主角。

本來想在故事中談一點關於人生與夢想的，不過哪裡曉得，這方面的著墨終究不

◎後記

多，幾乎都只是側寫而已，能否在愛情故事之外，去感受一下「成熟」與「坦然」這兩項特質之於人的種種，就看讀者自己本身了。因為那些迷惘與徬徨我曾有過，所以我寫，寫我擁有的，是我所想的。

原本在寫完《在風裡，說喜歡妳！》、《FZR女孩》、以及《你滿十八歲了嗎？》這三篇小說之後，就打算讓阿哲與貓咪的故事從此結束的，但是就因為自己太喜歡故事裡的人物，所以非得為他們多寫一點才甘心，我想，貓咪也會體諒的。而故事中出現的許多角色，那些被我借用或盜用綽號的朋友們，在此也向大家致意。

這篇小說連載期間，發生了一些事情，因為借用了雲凡小姐的筆名與甘，對她造成不少困擾，而且本篇小說中的那首歌詞「該不該」，也是出自於她的手筆，在此除了致歉，也非常感謝她的「就範」。

那篇〈愛上麻煩〉，不是虛構的故事名稱，它同樣存在著，所以，也向主人謝過了。

當然，我更不會忘記，曾經真的給我一枚「板壞」的這位板主，其實我很感謝她，因為她讓我知道自己平凡與無聊的那一面，讓我在開始有讀者注意到、開始有點飄飄然的時候，給我一記當頭棒喝，讓我了解，自己薄弱的地方、愚笨的地方還有很多，所以，雖然不方便把她的名字說出來，但是，我真的很感謝她，謝謝。

◎後記

最後，感謝板友FEELOM BEW K提供的，關於先天性心臟病的相關知識，讓我可以把故事寫完整。

《聽風在唱歌》，是一個感覺上就應該要很悠閒而且輕鬆的故事，所以我不想弄出太沉重的氣氛，那不是風應該有的歌聲。

總之，花了一個月左右的時間，《聽風在唱歌》寫完了，謝謝大家忍耐我的拖稿、忍耐我的聒噪，現在，我得去寫下一篇小說了。

穹風，二〇〇三年五月十六日埔里山居

盛夏季節的女孩們

堅果餅乾@著

你知道女孩子們，真正想要的是什麼嗎？

網路小說
Novel@Net
040
大度山之戀
藤井樹強力推薦作者
穹風@著
我是天空，沒有顏色的天空，接受你在我懷裡吹拂，填補你的顏色。
我是天空，沒有怨尤的天空，為的，是要包容你的自由。
所以我存在，只為你存在；所以我守候，只為你守候；
狂烈激颺不休止的風啊，歷經海天之後，
你何時願意止歇，安棲在我為你悸動的胸口？

網路小說
Novel@Net
041
藤井樹 著
Hiyawu
從開始到現在
藤井樹短篇作品集
創作四年，唯一個人短篇作品集
用文字記錄想像中的愛情故事，是甜蜜的迷思。
把每一個故事取一個名字，處女座莫名其妙的堅持。
我自命為創作而生，也願意為創作而死，
彷彿與生俱來的本事，我可以輕易看見愛情的樣子。
是的，愛情的樣子，像站在雨中，期待自己被狠狠的淋濕，
而心裡卻想念撥雲見日時。

Novel@Net
042
不穿裙子的女生
布丁(Putin)@著
在一片漆黑中，螢火蟲滿天飛舞，
許多小光點一閃一閃地移動著，像是在對我們眨眼睛。
在我身邊的，有我最愛的學生，還有「他」，
在這樣浪漫的氣氛包圍下，似乎應該穿件裙子來襯托我的淑女氣質，
不過......誰說非得穿裙子才有女人味？
不穿裙子，我也可以很可愛！

Keeper'n Me

比奇顏，迷失的渡鴉

理察．瓦格梅斯（Richard Wagamese）◎著　林劭貞◎譯

「比奇顏」是歐吉威印第安語，意指「回家」。

「渡鴉」嘉涅，一個在三歲時被帶離家鄉、茫然失根的印第安年輕人

他要告訴你一個故事，一個關於他流浪多年後，

歸還故鄉、重新認清自我本質的故事。

Best Novel Award
最佳小說獎
加拿大亞伯達作家協會
Writers' Guild of Alberta

國家圖書館出版品預行編目資料

聽風在唱歌／穹風著.--初版.--台北市 ：商周出
版；城邦文化發行；民92
面： 公分. --(網路小說；43)

ISBN 986-124-043-8（平裝）

857.7 92014349

聽風在唱歌

作者／穹風
責任編輯／楊如玉

發行人／何飛鵬
法律顧問／中天國際法律事務所 周奇杉律師
出版／商周出版
台北市 104 民生東路二段141號9樓
電話：(02)25007008 傳真：(02)25007759
e-mail：bwp.service@cite.com.tw
發行／英屬蓋曼群島商家庭傳媒股份有限公司城邦分公司
台北市中山區 104 民生東路二段 141 號 2 樓
書虫客服服務專線：(02) 25007718、(02) 25007719
服務時間：週一至週五上午09:30-12:00；下午13:30-17:00
24 小時傳真專線：(02) 25001990、(02) 25001991
劃撥帳號：19863813；戶名：書虫股份有限公司
讀者服務信箱：service@readingclub.com.tw
城邦讀書花園：www.cite.com.tw
香港發行所／城邦（香港）出版集團有限公司
香港灣仔駱克道193號東超商業中心1樓
E-mail：hkcite@biznetvigator.com
電話：(852)25086231 傳真：(852) 25789337
馬新發行所／城邦（馬新）出版集團【Cité (M) Sdn. Bhd.】
41, Jalan Radin Anum, Bandar Baru Sri Petaling,
57000 Kuala Lumpur, Malaysia.
Tel: (603) 90578822 Fax:(603) 90576622

封面設計／黃聖文
內文插畫／巧可
版型設計／小題大作企業社
排版／新鑫電腦排版工作室
印刷／鴻霖印刷傳媒股份有限公司
總經銷／高見文化行銷股份有限公司
電話：(02) 26689005 傳真：(02) 26689790
客服專線：0800-055-365

■ 2003年（民92）8月29日初版
■ 2012年（民101）5月31日初版24.5刷

售價／180元

ISBN 986-124-043-8

請於此處用膠水黏貼

商周出版

讀者回函卡

謝謝您購買我們出版的書籍！請費心填寫此回函卡，我們將不定期寄上城邦集團最新的出版訊息。

姓名：______________________

性別：□男　□女

生日：西元 ________ 年 ________ 月 ________ 日

地址：______________________

聯絡電話：____________　傳真：____________

E-mail：______________________

學歷：□1.小學 □2.國中 □3.高中 □4.大專 □5.研究所以上

職業：□1.學生 □2.軍公教 □3.服務 □4.金融 □5.製造 □6.資訊

□7.傳播 □8.自由業 □9.農漁牧 □10.家管 □11.退休

□12.其他 ______________________

您從何種方式得知本書消息?

□1.書店□2.網路□3.報紙□4.雜誌□5.廣播 □6.電視 □7.親友推薦

□8.其他 ______________________

您通常以何種方式購書?

□1.書店□2.網路□3.傳真訂購□4.郵局劃撥 □5.其他 ____________

您喜歡閱讀哪些類別的書籍?

□1.財經商業□2.自然科學 □3.歷史□4.法律□5.文學□6.休閒旅遊

□7.小說□8.人物傳記□9.生活、勵志□10.其他 ____________

對我們的建議：______________________

____

____

____

請於此處用膠水黏貼

商周出版

廣　告　回
北區郵政管理登記
北臺字第10158號
郵資已付，免貼郵

100 台北市信義路二段213號11樓

城邦文化事業（股）公司　收

請沿虛線對摺，謝謝！

商周出版

書號： BX4043	**書名：** 聽風在唱歌